O MUNDO SE DESPEDAÇA

CHINUA ACHEBE

O mundo se despedaça

Romance

Tradução
Vera Queiroz da Costa e Silva

Introdução e glossário
Alberto da Costa e Silva

6ª reimpressão

Copyright © 1958 by Chinua Achebe
Todos os direitos reservados

Grafia atualizada segundo o Acordo Ortográfico da Língua Portuguesa de 1990, que entrou em vigor no Brasil em 2009.

Título original
Things Fall Apart

Capa
Marcos Kotlher

Foto de capa
G. I. Jones
Foto reproduzida com a permissão do Museu de Arqueologia & Antropologia da Universidade de Cambridge (N.71604.GIJ)

Preparação
Maria Cecília Caropreso

Revisão
Carmen S. da Costa
Marise Leal

Dados Internacionais de Catalogação na Publicação (CIP)
(Câmara Brasileira do Livro, SP, Brasil)

Achebe, Chinua
    O mundo se despedaça : romance / Chinua Achebe ; tradução Vera Queiroz da Costa e Silva ; introdução e glossário Alberto da Costa e Silva. — 1ª ed. — São Paulo : Companhia das Letras, 2009.

    Título original: Things Fall Apart.
    isbn 978-85-359-1550-1

    1. Romance inglês — Escritores africanos I. Silva, Alberto da Costa e. II. Título.

09-09282   CDD-823
Índice para catálogo sistemático:
1. Romances : Literatura africana em inglês 823

Todos os direitos desta edição reservados à
EDITORA SCHWARCZ S.A.
Rua Bandeira Paulista, 702, cj. 32
04532-002 — São Paulo — SP
Telefone: (11) 3707-3500
www.companhiadasletras.com.br
www.blogdacompanhia.com.br
facebook.com/companhiadasletras
instagram.com/companhiadasletras
twitter.com/cialetras

Sumário

Introdução: Este livro de Chinua Achebe — Alberto da Costa e Silva, 7
O mundo se despedaça, 17
Glossário, 233

Introdução
Este livro de Chinua Achebe

Alberto da Costa e Silva

Se perguntado sobre o livro em que mais se reconhece, é muito provável que um ibo responda: *O mundo se despedaça*, de Chinua Achebe. Não que se trate de um livro perfeito, acrescentará. Mas há obras imperfeitas que se tornam clássicas, criam um modelo, determinam caminhos. Como este *O mundo se despedaça*, de Chinua Achebe, que serve de fundação a grande parte do romance nigeriano contemporâneo.

Nele, narra-se o começo da desintegração de uma cultura, com a chegada, ao mundo fechado que lhe protegia a unidade de valores, do estrangeiro com armas mais poderosas, e de pele, costumes e ideias diferentes. E conta-se a história de um homem que se fez forte no adubo íntimo da fraqueza e a quem o medo de ser débil finalmente derrota.

Assim era o mundo ibo — principia Achebe. Ele não nos descreve, contudo, uma idade de ouro, apesar da nostalgia com que a rememora. Nem idealiza como igualitária, coesa e solidária uma sociedade sem reis e senhores de sangue, mas com escravos e párias (os *osus*), marcada por intenso individualismo e sentido de competição, hierarquizada por um sistema de títulos honoríficos a que só tinham acesso os ricos e bem-sucedidos, e governada minuciosamente por um conjunto de regras a cujo rigor e ferocidade ninguém podia escapar.

Os ibos têm sua pátria no sudeste da Nigéria, ao norte do delta do Níger e ao sul do Benué, numa larga faixa que vai do sudoeste do Níger até as águas do rio Cross. Seus vizinhos ao norte são os igalas e os idomas; a oeste, os binis; a leste, os ecóis e os efiques; ao sul, os ibíbios e os ijós. As tradições colocam a fonte da nação ibo na área de Nri-Awka e dizem que a principal rua de Nri é a rua dos deuses, e que por ela transitam, a caminho da terra dos espíritos, todos os que morrem em outros lugares da Ibolândia.

Se, na orla da região ocupada pelos ibos, conheceram eles a monarquia — como em Onitsha e em Aboh, por influência do reino do Benim, e a noroeste, por contaminação igala —, na maior parte da Ibolândia predominou um sistema social baseado nos laços familiares, no clã e na linhagem, um sistema em que existe grande correspondência entre a proximidade do parentesco, a da moradia e a dos deveres coletivos. Os parentes próximos são vizinhos do lado e parceiros de todas as atividades comunitárias. A parentela mais distante pode viver em outra aldeia e só se reunir com seus familiares em ocasiões especiais.

O poder político apenas se esboçava na influência dos anciãos e chefes de linhagens, na força dos oráculos, na atividade conciliadora, judicante e punitiva das sociedades secretas de mascarados (que personificavam os espíritos dos ancestrais da aldeia), nos grupos de idade, no escalonamento dos títulos honoríficos.

Nesse sistema de títulos estava a semente de uma oligarquia, pois somente aqueles cujos roçados produziam muito e tinham condições de ceder inhames a outros, para que os plantassem (num regime semelhante ao da meação), dispunham de suficientes reservas em seus celeiros para com elas adquirir nos mercados os bens que os ijós, os ibíbios e outros ibos faziam chegar em suas canoas — o sal, o peixe seco, os facões, o tabaco, as espingardas, a pólvora, os caldeirões de ferro ou cobre. Só eles podiam favorecer os familiares e os amigos, e criar ao seu redor uma numerosa clientela, dar as grandes festas com as quais se construíam fama e prestígio, e, finalmente, ter acesso aos mais altos títulos da aldeia.

Um homem de algumas posses obtinha com facilidade o grau mais baixo na hierarquia de títulos. Para subir de posição, era obrigado a despender, a cada novo passo, maiores recursos. E só os ricos podiam aspirar ao elevado título de *ozo* ou ogbuefi.

Os títulos traziam consigo o direito a certos sinais exteriores de distinção: a tornozeleira, o bastão, o tamborete, que indicavam os homens de mérito, numa sociedade em que todos buscavam o êxito e na qual o malogro não recebia a compreensão da grei. Os reveses de um homem podiam ter raiz em seus antepassados e se prolongar em seus descendentes. E tão forte era o sentimento de que a cada um cumpria realizar um grande destino, que, na época do tráfico negreiro, por exemplo, raro era o *ozo* tomado como escravo. Quando tal sucedia, a vítima quase sempre se suicidava.

Achebe não nos deixa ignorar que a harmonia predominante nos vilarejos ibos também tinha suas fraturas. Fraturas que o homem branco, ao chegar, logo identificou em seu proveito. Havia na aldeia os que se perguntavam, no silêncio de si mesmos, se seriam realmente justas as ações que exigiam os deuses. E havia os incapazes de êxito. Como Unoka, o tocador de flauta, na pobreza de cuja casa nasceu Okonkwo, o herói do livro, um herói a respeito de quem poderiam ser repetidas as famosas palavras que Aristóteles dedicou a Édipo: não era essencialmente bom nem justo; e, no entanto, não foi por maldade ou vilania intrínsecas que ele caiu em desgraça, mas, sim, por um erro de julgamento, ao dialogar com os deuses do alto de sua posição e de sua prosperidade.

Okonkwo vestia as roupagens de todas as virtudes ibos. Seu braço direito era forte e seu espírito guardião, ou *chi*, parecia conduzi-lo a um grande futuro. Nós o acompanhamos a cuidar laboriosamente de suas roças, a encher seu celeiro, a construir sua casa masculina, ou *obi*, e a ali colocar os deuses lares e o seu *ikenga* — a imagem de madeira que simboliza tudo aquilo que era só dele, intransferivelmente dele em sua pessoa e que nada devia aos pais ou antepassados. Nós o vemos erguendo as habitações de suas mulheres, os galinheiros e as demais cabanas de seu *compound* — aquele pedaço de terra redondo e cercado por um muro de barro, muro cuja matéria de que é feito (argila, varas, esteira, pedra) varia de região para região na África, mas por toda a parte concentra, resguarda e protege a comunidade familiar.

Na semiobscuridade de seu *obi*, Okonkwo sonha um destino. E o sonha como recusa à imagem paterna do flautista mandrião e imprevidente que a aldeia foi abandonar na Floresta Maldita, para ali morrer sozinho e execrado. Tenazmente, Okonkwo transforma em realidade esse sonho. Faz-se grande plantador de inhames, obtém os títulos que lhe dão lugar entre os juízes secretos do clã, e espalha seu renome de grande lutador pelas nove aldeias em que se confina o universo. Para além delas, só a vaga ideia do grande rio, o Níger.

Esse mundo é pequeno, mas nele estão os deuses. E todos os atos humanos são respostas a gestos das divindades e confirmam ou alteram o curso da natureza. Como se cada indivíduo e o grupo fossem, ao mesmo tempo, corresponsáveis com os deuses pela fecundidade da terra e dos animais e pela sucessão harmoniosa das estações. Por isso, tudo o que se aparta das leis que os ancestrais impuseram — ancestrais que, sob máscaras e roupas de ráfia, continuam entre os vivos, a zelar pela incolumidade das regras e dos costumes — deve ser lançado fora, na Floresta Maldita, reservada às abominações, aos gêmeos, aos doentes de inchaço, aos *ogbanjes*, ou crianças perversas, que nascem para logo depois morrer e de novo nascer dos mesmos ventres, causando às mães o terrível suplício de saberem que terão de perder, nascimento após nascimento, interminavelmente, o mesmo filho.

Porque se alongava no tempo que foi e no que havia de vir a ser, a vida parecia eterna no pequeno espaço da aldeia ibo, dessa Umuófia onde tudo se tinha por perfeitamente regulado e imutável.

O que nos descreve Achebe em nada discrepa das recordações de um menino num vilarejo ibo da metade do século XVIII, tal como aparecem em *The interesting narrative of the life of Olaudah Equiano, or Gustavus Vassa, the African*. Os rapazes e as moças, num e no outro texto, noivam e se casam segundo as mesmas cerimônias; é idêntica a configuração dos *compounds*; não se mudou o modo de vestir; a vida flui com os mesmos gestos e os mesmos provérbios. Não falta sequer, na prosa de Olaudah, como na de Achebe, a chegada escurecedora das nuvens de gafanhotos.

O ex-escravo que escreveu *The interesting narrative* diz-nos que a gente de sua aldeota não sabia do mar nem do homem branco. O mesmo se passava em Umuófia, onde o homem da cor do giz e sem artelhos — porque usava sapatos — era um ser lendário e improvável. No entanto, desde havia muito o europeu chegara à costa, e dele provinham muitas coisas a que os ibos se haviam acostumado: a mandioca, o facão, a arma de fogo, o rapé. Era como se o homem branco já se encostasse ao mundo ibo, que em breve, sob seu peso, viria abaixo.

Umuófia ignorava tudo isso. Como também não pressentia que, dentro de um Okonkwo carregado de violência, arrogância e fúria, corresse o terror de ser fraco. Foi, contudo, o enraivecer do medo o que levou o grande homem a afrontar os deuses, ao agredir, na Semana da Paz, uma de suas mulheres. E foi o pavor de ser tido por débil o que o fez ser o sacrificador de um adolescente que o chamava de pai. Embora Achebe não afirme isto de modo explícito, sempre que uma flauta soava, Okonkwo se enchia de medo.

A inevitável nêmesis não se seguiu, porém, a nenhum desses insultos à harmonia da vida. Tomou, inexplicável e inesperadamente — não fosse Okonkwo um herói trágico —, a forma da morte acidental de um rapazola, durante o festivo enterro do mais idoso membro de Umuófia.

O involuntário causador da desgraça foi obrigado ao degredo. Desterrado na aldeia natal de sua mãe, Okonkwo voltou a sonhar um novo destino: o de reaver o lugar entre os seus e ascender entre eles a uma posição ainda mais alta. Os deuses, entretanto, não mais podiam atendê-lo, pois o tempo dos deuses também já se escoava. O homem branco chegara a Umuófia.

Para esse homem branco, apesar de sua fé absurda, de suas leis incompreensíveis e de seu comportamento irracional, logo acorreram os que não tinham posto na vida da aldeia, os intocáveis e desprezados *osus*, as mulheres que jamais aceitaram a condenação à morte dos filhos gêmeos, todos aqueles que sofriam uma ordem social que parecia imutável, que dela desconfiavam ou, secretamente, mais por impulso do coração do que do pensamento, discordavam. Junto ao intruso branco foram assentar-se o desprezado, o ressentido, o inquieto, o rebelde, o sonhador. E também os que nele viam a possibilidade de vitória pessoal, num esquema de existência distinto daquele em que haviam falhado, e que, por ambição ou desejo de segurança, se transformaram nos sipaios da nova ordem.

Entre os catequizados estava um filho de Okonkwo, Nwoye,

de insubmissa dúvida, cujos ouvidos sempre pareceram rasgar-se com o choro das crianças abandonadas na floresta. Para Okonkwo, que vira desabarem, no regresso a Umuófia, todas as esperanças de continuar a vida onde a deixara antes do exílio, não apenas o mundo que conhecera e herdara se desmoronava, mas, com a adesão do filho ao estrangeiro, desfazia-se também a própria certeza da eternidade. Pois seu espírito só sobreviveria à morte se seus filhos e netos e os filhos e netos de seus netos fizessem, no altar familiar, sacrifícios em sua memória. Por isso, se a apostasia de Nwoye lhe tirava um filho, a perspectiva de que a religião do homem branco ganhasse a sua gente correspondia ao horror da morte sem descendência.

O europeu instalara-se no vilarejo, com sua crença e suas leis, e com as armas para impô-las. Tão distante era a sua cultura da cultura ibo, que entre elas o único aperto de mãos possível era aquele da queda de braço, no qual, se prolongado, um dos contendores tem necessariamente de ceder ao outro. Ao branco, o comportamento da gente de Umuófia parecia insensato e bárbaro; o europeu, para o ibo, procedia como um homem fora da razão, a cometer, por isso, todo tipo de execrações. "Como permitir", perguntava o ibo, "que se mate a jiboia sagrada? Como deixar sem castigo quem tirou a máscara de um dos ancestrais?" E o europeu, por sua vez, indagava: "Como consentir que se retalhe o corpo de uma criança morta?".

O mundo se despedaça descreve apenas dois momentos em que um dos antebraços toca a mesa. Da segunda vez, quase a exaurir a resistência do adversário mais fraco. O livro termina, porém, quando começa a verdadeira história do desmoronar e da transformação da cultura ibo. De um modo de vida cuja forma tradicional Achebe perpetua na história de Okonkwo, de Obierika, de Ekwefi e Ezinma, da gente que andava sob as árvores de Umuófia e do desconhecido disfarçado em divindade.

Eis o dia a dia de uma aldeia ibo. Aqui estão as mulheres a pilar o inhame, os homens a contar bazófias ou a refazer a cobertura das cabanas, as crianças a voltar do rio, com potes d'água na cabeça. Tudo fez-se permanente pela palavra escrita: gestos, usos, maneiras de ser, de sentir e de pensar, formas de trabalho, de jogo e de festa, o que se escoa entre o acordar e o dormir, a chuva e o estio, o preparo da terra e a colheita.

Achebe é um contador de histórias. Na melhor tradição dos ibos, povo que ama a eloquência, que tem o dom da palavra no mais alto conceito, que sabe jogar com ela, embora de modo repetitivo, como o prova o gosto que tem pelos provérbios.

É certo que o autor de O mundo se despedaça algumas vezes abdica do estilo conciso e direto para cair nas repetições, na frase feita, na metáfora gasta, no lugar-comum. Disso pronto se reergue, quando põe suas personagens a dialogar, ou quando simplesmente narra, como se falasse em voz alta, quase a sentir, nos seus melhores momentos, a reação emocionada do leitor, e a dela tirar partido, contendo ou ampliando a frase, aguçando os verbos, modulando os adjetivos, esticando o episódio ou tornando-o mais tenso. E então sua prosa dança.

Este livro é a evocação daquele instante em que o povo ibo saiu de seu isolamento para o doloroso diálogo com o resto do mundo, da segurança de uma fechada unidade para as dúvidas, os abalos, as perplexidades e as confrontações de um universo mais vasto, por meio da dura experiência do domínio estrangeiro. Mas este livro só existe porque Umuófia ingressou num império. Porque seus valores puderam ser descritos e traduzidos na língua do conquistador e, assim, tirar uma impressentida desforra.

A história não é boa nem má — parece dizer-nos Achebe. Nascemos dela, de seus sofrimentos e remorsos, de seus sonhos e pesadelos. E porque somos inapelavelmente como ela nos moldou, Chinua Achebe escreve em inglês, é cidadão de uma Nigéria criada pelo colonizador e, embora nos fale comovidamente de Umuófia e lastime o destino de seu povo e a desintegração de seu jeito de vida, sente, lá no fundo do coração — ao contrário de um ibo de antanho —, mais piedade pelo pai, o velho tocador de flauta, do que pelo filho. E se deste se condói, não é apenas porque Okonkwo tombou desamparado do alto da grandeza, mas porque passou a vida a iludir o medo.

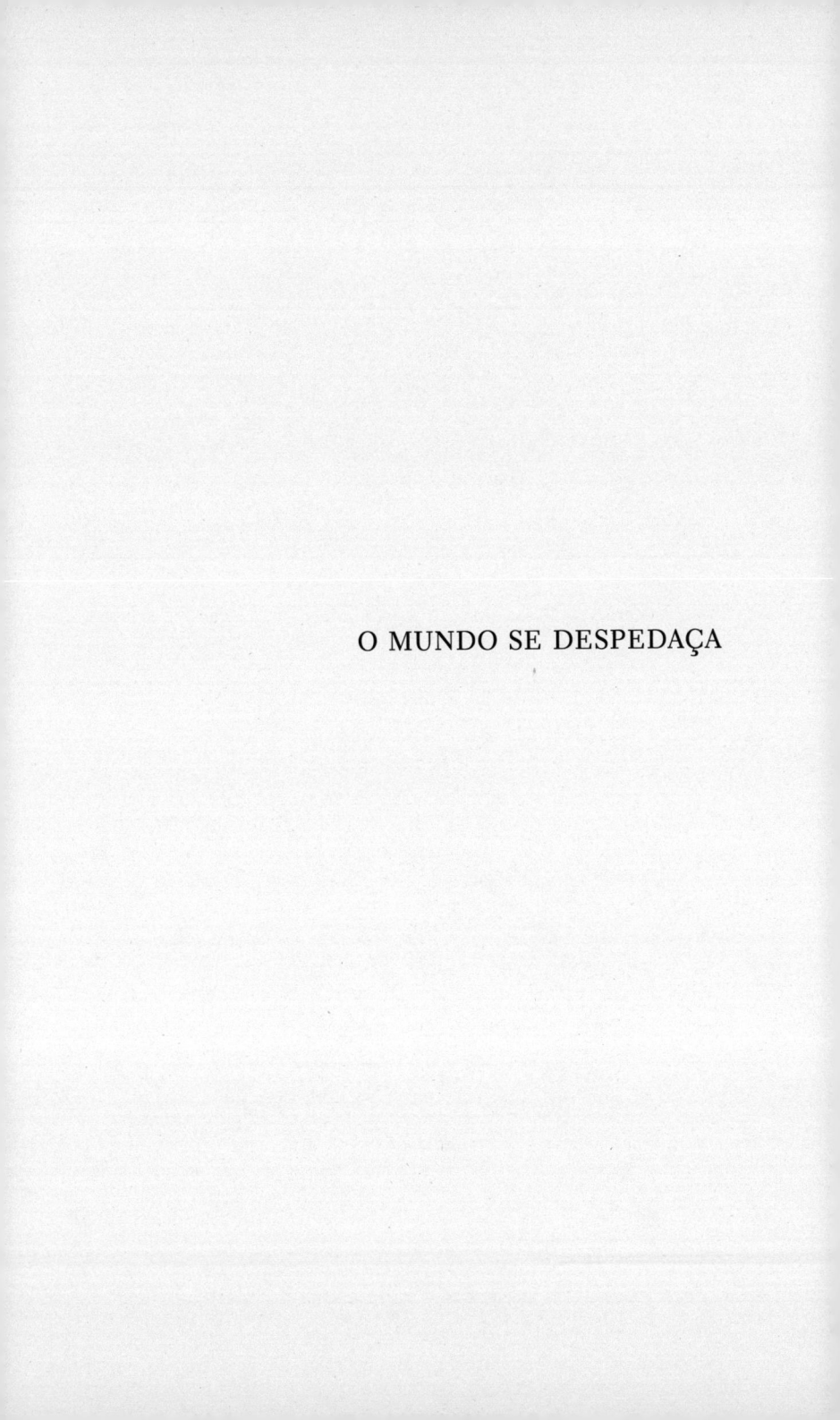

O MUNDO SE DESPEDAÇA

"O falcão, a voar num giro que se amplia,
Não pode mais ouvir o falcoeiro;
O mundo se despedaça; nada mais o sustenta;
A simples anarquia se desata no mundo."

W. B. Yeats, "O segundo advento"

PRIMEIRA PARTE

1.

Toda a gente conhecia Okonkwo nas nove aldeias e mesmo mais além. Sua fama assentava-se em sólidos feitos pessoais. Aos dezoito anos, trouxera honra à sua aldeia ao vencer Amalinze, o Gato, um grande lutador, campeão invicto durante sete anos em toda a região de Umuófia a Mbaino. Amalinze recebera o apelido de o Gato porque suas costas jamais tocaram o solo. E foi ele quem Okonkwo derrotou, numa luta que, na opinião dos mais velhos, fora das mais renhidas desde a travada, durante sete dias e sete noites, entre o fundador da cidade e um espírito da floresta.

Os tambores rufavam. As flautas cantavam. Os espectadores prendiam a respiração. Amalinze tinha uma destreza manhosa, mas Okonkwo era tão escorregadio quanto um peixe dentro d'água. Todos os nervos e todos os músculos estufavam em seus braços, em suas costas e em suas coxas, e quase se podia ouvi-los a se distenderem como se fossem arrebentar. Finalmente, Okonkwo derrubou o Gato.

Isso se passara havia muitos anos, vinte anos ou mais, e de lá para cá a fama de Okonkwo crescera qual incêndio na mata no tempo do harmatã.* Era um homem alto, grandalhão, a quem as sobrancelhas espessas e o nariz largo davam um ar extremamente severo. Sua respiração era forte, pesada, e dizia-se que, quando dormia, suas mulheres e filhos podiam ouvi-lo ressonar, mesmo das casas ao lado. Ao caminhar, seus calcanhares quase não se apoiavam no solo — parecia andar sobre molas, como se estivesse prestes a saltar sobre alguém. E, na verdade, com frequência ele investia sobre as pessoas. Sofria de uma leve gagueira e, quando se zangava e não conseguia pronunciar as palavras que desejava com suficiente rapidez, costumava, em vez delas, usar os punhos. Não tinha paciência com os homens que falhavam. Não tinha paciência com o próprio pai.

Unoka — este o nome de seu pai — morrera havia dez anos. Fora sempre preguiçoso e imprevidente, incapaz de pensar no dia de amanhã. Se por acaso lhe vinha ter às mãos algum dinheiro, coisa que raramente acontecia, logo o gastava com cabaças de vinho de palma, e chamava os vizinhos para com ele se divertir. Costumava dizer que, sempre que olhava para a boca de um morto, percebia a loucura de não se comer o que se podia enquanto se estava vivo. Unoka era um permanente devedor: devia dinheiro a todos os vizinhos — desde apenas alguns cauris até quantias bastante elevadas.

Era um homem alto, porém muito magro e ligeiramente encurvado. Tinha uma expressão abatida e funérea, que só se alterava quando bebia ou tocava a sua flauta. Tocava flauta muito bem, e sua maior felicidade era quando, duas ou três luas após a colheita, os músicos da aldeia despenduravam os instrumentos da parede por cima do fogão. Unoka tocava com eles, o rosto iluminado de bem-aventurança e paz. Algumas vezes, gente de outras aldeias convidava o grupo de Unoka e seu dançarino *egwu-*

---

* Ver glossário no final do livro. (N. E.)

gwu para irem lá passar uma temporada ensinando suas músicas. Unoka e seus amigos aceitavam esses convites, permanecendo junto aos hospedeiros durante três ou quatro mercados, a fazer música e a banquetear-se. Unoka apreciava a boa vida e o bom companheirismo, e gostava daquela estação do ano em que as chuvas já haviam cessado e o sol nascia todas as manhãs com uma beleza estonteante. Não fazia então muito calor, porque o frio e seco harmatã soprava do norte. Certos anos, o harmatã era muito rigoroso, e uma densa névoa cobria a atmosfera. Então, velhos e crianças sentavam-se ao redor das fogueiras acesas para aquecer os corpos. Unoka amava tudo isso, e amava também os primeiros gaviões a retornarem com a estação seca, e a meninada que os recebia com canções de boas-vindas. Rememorava a própria infância, lembrava como tantas vezes perambulara pela aldeia procurando com os olhos uma dessas aves a singrar vagarosamente no céu azul. Tão logo a avistava, punha-se a cantar com todo o seu ser, a dar-lhe as boas-vindas, após a longa, longa viagem, e a perguntar-lhe se trouxera, de volta à casa, alguns metros de tecido.*

Mas disso — ele era então um garoto — tinham-se passado muitos anos. O adulto Unoka era um derrotado. Pobre, sua mulher e filhos quase não tinham o que comer. As pessoas riam dele, porque era um vadio, e juravam nunca mais emprestar-lhe dinheiro, porque não pagava o que devia. Unoka, porém, era tão jeitoso, que sempre conseguia mais dinheiro emprestado, e ia acumulando dívidas.

Certo dia, um vizinho chamado Okoye foi visitá-lo. Unoka estava reclinado numa cama de barro, em sua choça, tocando

---

* O tecido simboliza a história do povo africano; certos tecidos têm significados especiais: na tradição peul, por exemplo, um tecido dobrado significa o passado. (N. T.)

flauta. Levantou-se imediatamente para cumprimentar Okoye, que desenrolou a pele de bode que trazia sob o braço e nela se sentou. Unoka foi até o quarto interior* e, de volta, trouxe um pequeno disco de madeira, com uma noz de cola, um pouco de pimenta e um pedaço de giz branco.

— Tenho cola — anunciou ele, sentando-se e passando o disco ao visitante.

— Muito obrigado. Quem traz cola traz vida. Mas acho que você é quem deve parti-la — retrucou Okoye, estendendo o disco de volta.

— Não, cabe a você parti-la.

E discutiram durante alguns instantes, até que Unoka aceitou a honra de romper a noz de cola. Enquanto isso, Okoye, com o giz, desenhava algumas linhas no chão. Depois, pintou de branco o dedão do pé.

Ao mesmo tempo que partia a cola, Unoka rezava aos ancestrais, pedindo-lhes vida, saúde e proteção contra os inimigos. Depois de terem comido a noz, os dois homens conversaram sobre muitas coisas: as pesadas chuvas que alagavam os inhames, a próxima festa em honra aos antepassados, a iminente guerra contra a aldeia de Mbaino. Unoka sentia-se sempre infeliz quando se mencionavam as guerras. Era um covarde e não suportava ver sangue. Mudou de assunto, e enquanto falava sobre música, seu rosto se iluminava. Com os ouvidos da mente, conseguia escutar os excitantes e intrincados ritmos do *ekwe*, o tambor falante, do *udu*, a botija de barro de cuja boca, com um abano, se retira um som cavo, e do agogô, bem como sua própria flauta, a se entreter com a percussão, enfeitando-a com melodia plangente e colorida. O efeito geral era alegre e animado, mas, se se isolasse

---

* Na habitação ibo, há duas divisões: o quarto da frente, ou exterior, e o de trás, ou interior. (N. T.)

o som da flauta, que subia e descia, para depois romper-se em breves intervalos, nele se poderia perceber tristeza e dor.

Okoye também era músico. Tocava o agogô. Mas não era um fracassado como Unoka. Possuía um amplo celeiro cheio de inhames e tinha três mulheres. Agora ia receber o título de Idemili, o terceiro mais elevado daquela terra. Era uma cerimônia dispendiosa, e ele estava procurando reunir todos os recursos de que dispunha. Essa era, na verdade, a razão pela qual viera visitar Unoka. Limpou a garganta e disse:

— Muito obrigado pela cola. Você deve ter ouvido falar do título que pretendo receber dentro em breve.

Até aquele momento, Okoye se expressara de maneira simples, mas a meia dúzia de frases seguintes tomou a forma de provérbios. Entre os ibos, a arte da conversação é tida em alto conceito, e os provérbios são o azeite de dendê com o qual as palavras são engolidas. Okoye era um grande conversador e falou durante muito tempo, dando voltas em torno do assunto até finalmente abordá-lo. Em resumo, pedia a Unoka que lhe devolvesse os duzentos cauris que lhe emprestara havia mais de dois anos. Tão logo este percebeu aonde o amigo queria chegar, estourou em gargalhadas. Riu alto, durante muito tempo, de modo claro como o agogô, e tinha lágrimas nos olhos. O visitante, espantado, continuou sentado, sem fala. Afinal, Unoka conseguiu dar-lhe uma resposta, entremeada de novas explosões de riso.

— Olhe para aquela parede — disse, apontando para o muro ao fundo de sua choça, que fora esfregado com terra vermelha até rebrilhar. — Olhe para aquelas marcas de giz.

Okoye viu vários grupos de traços curtos e perpendiculares, riscados a giz. Havia cinco grupos, e o menor tinha dez traços. Unoka, que possuía senso dramático, fez, então, uma pausa. Aproveitou para cheirar uma pitada de rapé e espirrar ruidosamente. E prosseguiu:

— Cada grupo daqueles representa uma de minhas dívidas com alguém, e cada traço corresponde a cem cauris. Veja você: eu devo àquele homem mil cauris. Mas ele não veio me acordar de manhã, pedindo seu dinheiro de volta. Pagarei o que lhe devo, Okoye, mas não hoje. Nossos mais velhos dizem que o sol brilhará sobre os que permanecem de pé, antes de brilhar sobre os que se ajoelham. Pagarei minhas dívidas maiores primeiro.

E cheirou outra pitada de rapé, como se aquilo fosse pagar as dívidas maiores primeiro. Okoye enrolou sua pele de bode e partiu.

Unoka morreu sem receber um só título e com dívidas pesadíssimas. É de admirar, portanto, que seu filho Okonkwo se envergonhasse dele? Felizmente, entre esse povo, um homem era julgado por seu próprio valor, e não pelo valor do pai. Okonkwo era um indivíduo decididamente talhado para grandes coisas. Ainda jovem, adquirira a fama de ser o melhor lutador das nove aldeias. Agricultor abastado, possuía dois celeiros cheios de inhame e acabava de desposar a terceira mulher. Para coroar tudo isso, recebera dois títulos e dera mostras de incrível bravura em duas guerras. Por esses motivos, embora ainda fosse jovem, Okonkwo já era considerado um dos maiores homens de seu tempo. Seu povo respeitava a idade, mas reverenciava os grandes feitos. Como diziam os mais velhos, se uma criança lavasse as mãos, poderia comer com os reis. Okonkwo claramente lavara as mãos e, por isso, comia com os reis e com os mais velhos. E assim foi que veio a tomar conta do rapazola oferecido em sacrifício à aldeia de Umuófia por seus vizinhos, a fim de evitar a guerra e o derramamento de sangue. O desditoso rapaz chamava-se Ikemefuna.

2.

Okonkwo acabara de apagar a lâmpada de óleo de palma e de se deitar na cama de bambu, quando ouviu o agogô do pregoeiro da cidade perfurando a atmosfera tranquila da noite. *Guim, gom, guim, gom* — soava o oco metal. Depois, o pregoeiro transmitiu sua mensagem e, ao terminá-la, voltou a tocar o instrumento. E esta era a mensagem: pedia-se a todos os moradores de Umuófia que se reunissem na praça do mercado na manhã seguinte. Okonkwo ficou imaginando o que estaria acontecendo de errado, pois tinha a certeza absoluta de que algo ruim estava sucedendo. Discernira na voz do pregoeiro uma clara tonalidade de tragédia, e continuava tendo a mesma sensação à medida que a voz se tornava cada vez mais indistinta na distância.

A noite estava muito calma. Eram sempre calmas, exceto as noites de lua cheia. A escuridão inspirava um vago terror nessa gente, mesmo nos mais corajosos. As crianças eram advertidas de que não deviam assobiar à noite, por causa dos espíritos malignos. Os animais perigosos tornavam-se ainda mais sinistros e estranhos na escuridão. Uma cobra nunca era chamada pelo nome, à noite, pois ela poderia ouvir. Era chamada de cordão. E assim, nessa determinada noite, à medida que a voz do pregoeiro ia sendo gradualmente engolida pela distância, o silêncio retornava ao mundo, um silêncio vibrante, que se fazia mais intenso com o trilo universal de milhões de insetos na floresta.

Se fosse noite de luar, seria tudo diferente. Então, se ouviriam as vozes alegres da garotada brincando pelos campos abertos. E talvez aqueles que já não eram tão crianças estivessem se divertindo, aos pares, em lugares menos expostos; e as mulheres e os homens mais idosos estariam relembrando a juventude. Como dizem os ibos: "Quando a lua está brilhando, o aleijado anseia por um passeio a pé".

Mas essa noite em especial estava escura e silenciosa. E em todas as nove aldeias de Umuófia um pregoeiro com seu agogô pedia a cada um dos habitantes que estivesse presente ao encontro da manhã seguinte. Okonkwo, em sua cama de bambu, tentava imaginar qual seria a natureza da crise — guerra contra um clã vizinho? Essa parecia ser a hipótese mais provável, e ele não tinha medo da guerra. Era homem de ação, homem de guerra. Ao contrário do pai, era perfeitamente capaz de ver sangue. Durante a última guerra de Umuófia, fora o primeiro a trazer para casa uma cabeça humana. Era sua quinta cabeça; e ele ainda não era velho. Nas grandes ocasiões, como o funeral de alguma celebridade da aldeia, bebia o vinho de palma no primeiro crânio que cortara.

Na manhã seguinte, a praça do mercado estava repleta. Uns dez mil homens deviam estar reunidos ali, todos falando em voz baixa. Finalmente, Ogbuefi Ezeugo ergueu-se do meio deles e bradou quatro vezes:

— *Umuófia kwenu?* Povo de Umuófia, estamos de acordo?

A cada berro, ele se voltava para um lado diferente e parecia dar murros no ar com o punho cerrado. E todas as vezes dez mil homens respondiam *Yaa!* (Sim!). Ogbuefi Ezeugo era um orador poderoso e, por isso, sempre escolhido para falar em ocasiões semelhantes. Passou a mão por seus cabelos brancos e cofiou a barba branca. Depois, ajeitou o pano que lhe passava por baixo da axila direita e se amarrava por cima do ombro esquerdo.

— *Umuófia kwenu?* — clamou pela quinta vez, e a multidão gritou em resposta. Então, de repente, como um possuído, estendeu a mão esquerda e apontou em direção a Mbaino, dizendo entre os dentes firmemente cerrados:

— Esses filhos de animais selvagens ousaram assassinar uma filha de Umuófia.

Baixou a cabeça com violência e rilhou os dentes, permitindo que um murmúrio de fúria reprimida brotasse da multidão. Quando recomeçou a falar, a raiva desaparecera de seu rosto e, em seu lugar, pairava uma espécie de sorriso, mais terrível e mais sinistro do que o ódio. E, com voz clara e destituída de emoção, contou ao povo de Umuófia como a filha deles fora ao mercado em Mbaino e ali a tinham assassinado. Essa mulher, disse Ezeugo, era a esposa de Ogbuefi Udo, e apontou para um homem sentado perto dele, de cabeça baixa. Então, todos gritaram, com raiva e sede de sangue.

Muitos outros falaram, e no fim decidiu-se seguir o curso normal de ação. Um ultimato foi imediatamente enviado a Mbaino: que escolhessem entre a guerra ou a oferenda de um rapaz e de uma virgem, como compensação.

Umuófia era temida por todas as aldeias vizinhas. Era poderosa na guerra e na magia, e seus sacerdotes e curandeiros infundiam terror nas redondezas. Seu mais potente feitiço de guerra era tão antigo quanto o próprio clã. Ninguém sabia ao certo quão antigo ele era. Mas num ponto todos concordavam: o princípio ativo desse feitiço fora uma velha de uma perna só. De fato, o feitiço chamava-se *agadi nwayi*, ou seja, mulher velha.

Tinha seu altar erguido no centro de Umuófia, numa clareira. E se alguém fosse suficientemente tolo e temerário para passar diante desse altar após o crepúsculo, decerto veria a velha perneta pulando por ali.

Os clãs vizinhos, que naturalmente sabiam dessas coisas, temiam Umuófia e jamais guerreariam contra ela sem primeiro tentar um acordo pacífico. E para que se faça justiça a Umuófia, é preciso registrar o fato de que o clã jamais fora à guerra sem que tivesse razão para isso, razão clara e justa e aceita como tal pelo oráculo — o Oráculo das Colinas e das Grutas. E, na verdade, houve ocasiões em que o Oráculo proibira Umuófia de travar guerra. Se o clã tivesse desobedecido ao Oráculo, certamente teria sido derrotado, porque seu temível *agadi nwayi* jamais participaria naquilo que os ibos chamam "uma luta culposa".

Mas a guerra que agora tinham diante de si era uma guerra normal. Até o inimigo sabia disso. E assim, quando Okonkwo chegou a Mbaino, na qualidade de orgulhoso e poderoso emissário de guerra, foi tratado com a máxima honra e todo o respeito. Dois dias depois, voltou à sua aldeia com um rapazola de quinze anos e uma virgem. O nome do jovem era Ikemefuna, cuja triste história ainda hoje se conta em Umuófia.

Os anciãos, ou *ndichie*, reuniram-se para ouvir o relatório da missão de Okonkwo. No final, decidiram, tal como todos sabiam de antemão, que a moça seria dada a Ogbuefi Udo para substituir a esposa assassinada. Quanto ao rapazinho, pertencia a todo o clã e não havia pressa em decidir seu destino. Okonkwo foi, então, encarregado de cuidar do garoto, em nome do clã. Por isso, durante três anos, Ikemefuna morou com a família de Okonkwo.

Okonkwo governava a família com mão pesada. Suas esposas, principalmente as mais jovens, temiam constantemente seu temperamento violento, assim como os filhos menores. Talvez, no fundo do coração, Okonkwo não fosse um homem cruel. Mas toda a sua vida era dominada pelo medo, o medo do fracasso e da fraqueza. Era um medo mais profundo e mais íntimo do que o medo do mal, dos deuses caprichosos e da magia, do que o medo da floresta e das forças malignas da natureza, de garras e dentes vermelhos. O medo de Okonkwo era maior do que todos esses medos. Não se manifestava externamente; jazia no centro de seu ser. Era o medo de si próprio, de que afinal descobrissem que ele se parecia com o pai. Mesmo quando menino pequeno, magoara-se com o malogro e a debilidade do pai. E ainda agora lembrava-se do quanto havia sofrido quando um companheiro de brinquedos lhe dissera que seu pai era *agbala*. Foi então que aprendeu que *agbala* não era apenas outra palavra para mulher, mas também significava homem que nunca recebera título algum. Foi assim que Okonkwo se viu dominado por uma paixão: odiar tudo aquilo que seu pai, Unoka, amara. Uma dessas coisas era a doçura e a outra, a indolência.

Durante a época do plantio, Okonkwo trabalhava todos os dias nos seus roçados, desde o primeiro cantar do galo até que as galinhas se recolhessem. Era um homem muito forte e raramente sentia fadiga. Mas suas esposas e filhos pequenos não eram tão fortes e, por isso, sofriam. Não ousavam, contudo, queixar-se do trabalho abertamente. O primogênito de Okonkwo, Nwoye, tinha na época doze anos, mas já provocava grande apreensão no pai, por sua incipiente preguiça. Essa era a impressão que sua atitude dava ao pai, que procurava corrigi-lo com pancadas e críticas incessantes. Dessa forma, Nwoye crescia e se tornava um jovem de rosto tristonho.

A prosperidade de Okonkwo era visível em seu lar. Possuía um amplo *compound*, com várias habitações rodeadas por um grosso muro de terra vermelha. Sua própria casa, ou *obi*, erguia-se imediatamente atrás da única porta existente no muro vermelho. Cada uma de suas três esposas tinha uma morada própria e o seu conjunto formava uma espécie de meia-lua por trás do *obi*. O celeiro fora construído de encontro a uma das extremidades do muro vermelho, e altas pilhas de inhame erguiam-se dentro dele, com ar próspero. No extremo oposto do *compound* havia um barracão telhado para os bodes, e cada esposa mandara construir, junto à sua morada, um galinheiro. Perto do celeiro havia uma pequena edificação, a "casa dos feitiços", ou relicário, onde Okonkwo guardava as imagens de madeira de seu deus pessoal e dos espíritos dos antepassados. Adorava-os, oferecendo-lhes sacrifícios de noz de cola, comida e vinho de palma, e dirigindo-lhes preces por si próprio, por suas três mulheres e seus oito filhos.

Assim, quando a filha de Umuófia foi assassinada em Mbaino, Ikemefuna foi morar na casa de Okonkwo. Ao chegar em casa, naquele dia, Okonkwo mandou chamar sua mulher mais velha e lhe confiou o rapaz:

— Ele pertence ao clã. Por isso, cuide bem dele.

— Ele vai ficar muito tempo conosco? — ela perguntou.

— Faça o que lhe mandam, mulher — explodiu Okonkwo, acrescentando, a gaguejar: — Desde quando você se tornou um dos *ndichie* de Umuófia?

E então a mãe de Nwoye levou Ikemefuna para a sua choça. E não fez mais perguntas.

Quanto ao rapazola, estava morto de medo. Não conseguia compreender o que lhe estava acontecendo, nem o que fizera. Como poderia saber que seu pai havia sido responsabilizado pelo assassinato de uma filha de Umuófia? Sabia apenas que alguns homens tinham ido à sua casa, conversado com seu pai em voz baixa e, depois, tinham-no levado para fora e o entregado a um estranho. Sua mãe chorara amargamente, mas ele ficara estarrecido demais para chorar. Então, o estranho os conduziu, a ele e a uma jovem, para um lugar muito, muito longe de casa, através de solitários atalhos na floresta. Não sabia quem era a moça, e jamais tornou a vê-la.

3.

Okonkwo não recebera o empurrão inicial na vida, ao contrário de tantos outros jovens. Não herdara um celeiro de seu pai. Não existia celeiro para herdar. Contava-se a história, em Umuófia, de como seu pai, Unoka, fora consultar o Oráculo das Colinas e das Grutas para saber por que sua colheita era sempre miserável.

O Oráculo era chamado de Agbala, e as pessoas vinham de longe e de perto consultá-lo. Vinham quando o infortúnio lhes batia à porta, ou quando tinham uma disputa com os vizinhos. Vinham para descobrir o que o futuro lhes reservava ou para consultar os espíritos de seus antepassados.

O caminho para se chegar ao santuário era um buraco redondo no flanco de uma colina, pouco maior do que a abertura de um galinheiro. Os devotos e aqueles que vinham em busca da sabedoria do deus tinham de arrastar-se de barriga no chão, para poder atravessar o tal buraco e chegar à presença de Agbala, num espaço escuro e enorme. Ninguém jamais vira Agbala, exceto sua sacerdotisa.* Mas nenhum daqueles que se arrastaram para dentro do terrível santuário dali saíra sem o temor do poder do Oráculo. Sua sacerdotisa ficava de pé, perto do fogo sagrado, que ela própria acendera no coração da caverna, e proclamava a vontade do deus. O fogo era um fogo sem chamas. Os troncos incandescentes apenas serviam para iluminar de modo vago a sombria figura da sacerdotisa.

Algumas vezes um homem vinha consultar o espírito do pai ou de um parente que falecera. Dizia-se que, quando o espírito se revelava, o homem o divisava vagamente na escuridão, porém jamais ouvia a sua voz. Algumas pessoas diziam até ter ouvido os espíritos voar e bater as asas contra o teto da gruta.

Há muitos anos, quando Okonkwo ainda era menino, seu pai, Unoka, fora consultar Agbala. Naquele tempo, a sacerdotisa era uma mulher de nome Chika. Estava cheia do poder de seu deus e era muito temida. Unoka ficou de pé diante dela e começou sua história.

— Todos os anos — disse ele, abatido — antes de colocar uma só semente na terra costumo sacrificar um galo a Ani, a deusa da terra. É a lei dos nossos pais. Também sacrifico um galo no altar de Ifejioku, o deus dos inhames. Limpo o mato e lhe toco fogo, quando está seco. Planto os inhames depois da primeira chuva e os escoro, quando as gavinhas novas começam a aparecer. Capino as ervas dani...

— Cale-se! — gritou a sacerdotisa, com uma voz terrível,

---

* Na África tradicional, com sua organização comunitária, não se pode falar em religião propriamente dita, pois todos os atos do dia a dia se relacionam com o conceito da força vital que anima os seres humanos: assim, o culto concerne a todos. Com a centralização do poder, quando do surgimento da cidade-Estado ou em decorrência de rupturas internas da própria sociedade, como no caso da sociedade ibo, surge a figura de um responsável pelo culto, sacerdote ou sacerdotisa, que não tem atributos divinos. (N. T.)

que ecoava no escuro vazio. — Você não ofendeu nem os deuses nem seus ancestrais. E quando um homem está em paz com os deuses e com seus antepassados, sua colheita será boa ou má, conforme a força de seus braços. Você, Unoka, é conhecido em todo o clã pela fraqueza de seu machete e de sua enxada. Enquanto seus vizinhos vão com seus machados derrubar as matas virgens, você planta inhames nas terras exaustas, que não dão trabalho algum para limpar. Seus vizinhos cruzam sete rios para fazer seus roçados; você fica em casa e oferece sacrifícios por um solo cansado. Vá para casa e trabalhe como homem!

Unoka era um homem infeliz. Tinha um mau *chi*, ou deus pessoal, e a má sorte o perseguiu até o túmulo, ou melhor, até sua morte, pois ele não teve túmulo. Morreu do inchaço que era uma abominação para a deusa da terra. Quando um homem sofria de inchação do estômago ou dos membros, não lhe era permitido morrer em casa. Levavam-no para a Floresta Maligna e lá o abandonavam para morrer. Contava-se a história de um homem muito teimoso, que voltou para casa cambaleando e teve de ser carregado de volta para a floresta, onde o amarraram a uma árvore. A doença era uma abominação para a terra e, por isso, a vítima não podia ser enterrada em suas entranhas. O doente morreu e apodreceu por cima da terra e não lhe fizeram enterro, nem de primeira, nem de segunda. Tal foi o destino de Unoka. Quando o levaram, carregou consigo a flauta.

Com um pai como Unoka, Okonkwo não teve o empurrão inicial na vida, que muitos jovens têm. Não herdou celeiro, nem título, nem sequer uma jovem esposa. Mas, apesar dessas desvantagens, começara, ainda em vida do pai, a estabelecer as fundações de um futuro próspero. Fora um processo lento e penoso. Okonkwo, porém, se atirara a ele como um possesso. E, na verdade, estava possuído pelo medo da vida desprezível de seu pai e de sua vergonhosa morte.

* * *

Havia um homem abastado, na aldeia de Okonkwo, que possuía três imensos celeiros, nove mulheres e trinta filhos. Seu nome era Nwakibie, e ele recebera o segundo dos mais elevados títulos a que um homem podia aspirar no clã. Foi para esse homem que Okonkwo trabalhou, a fim de ganhar os primeiros inhames que pôs na terra como semente.

Levou uma cabaça de vinho de palma e um galo para Nwakibie. Dois vizinhos idosos foram chamados, e dois dos filhos mais velhos de Nwakibie também estavam presentes em seu *obi*. Okonkwo apresentou uma noz de cola e uma pimenta, que foram passadas ao redor, para que todos vissem, e depois lhe foram devolvidas. Rompeu a noz, dizendo:

— Todos nós viveremos. Oremos pela vida, pelas crianças, por uma boa colheita e pela felicidade. Vocês terão o que for bom para vocês, e eu o que for bom para mim. Deixemos pousar o gavião e deixemos a garça pousar também. Se um disser não ao outro, que sua asa se parta.

Depois que comeram a noz de cola, Okonkwo trouxe o vinho de palma, que deixara num canto da habitação onde estivera sentado, e pousou a cabaça no centro do grupo. Dirigiu-se então a Nwakibie, chamando-o de "nosso pai".

— *Nna ayi* — disse ele. — Trouxe-lhe esta pequena cola. Como nosso povo costuma dizer, um homem que presta homenagem aos grandes pavimenta o caminho de sua própria grandeza. Vim prestar-lhe homenagem e também pedir-lhe um favor. Mas, primeiro, bebamos o vinho.

Todos agradeceram e os vizinhos tiraram seus chifres de beber de dentro das sacolas de pele de bode que traziam. Nwakibie despendurou dos caibros o que era seu. O mais moço dos filhos, que também era o mais jovem do grupo, foi até o centro do cômodo, levantou a cabaça, apoiando-a sobre o joelho esquerdo, e começou a servir o vinho. O primeiro a receber a bebida foi Okonkwo, que deveria prová-la antes de qualquer outro. Depois, todos beberam, a começar pelo homem mais velho. Quando dois ou três chifres haviam sido tomados, Nwakibie mandou virem suas mulheres. Algumas não estavam em casa e somente quatro apareceram.

— Anasi não está em casa? — perguntou-lhes. Elas responderam que Anasi estava vindo. Anasi era a primeira mulher e as demais não podiam beber antes dela. Ficaram, por isso, à espera que chegasse.

Anasi era uma mulher de meia-idade, alta e forte. Havia autoridade em sua postura, e ela aparentava, nos mínimos detalhes, ser realmente quem governava o mulherio de uma grande e próspera família. Trazia a tornozeleira que representava os títulos de seu marido e que somente a primeira esposa podia usar.

Encaminhou-se até Nwakibie e aceitou o chifre que ele lhe ofereceu. Depois, dobrou-se sobre um dos joelhos, bebeu um pouco e devolveu o recipiente. Ergueu-se, chamou-o pelo nome e voltou para sua choça. As outras mulheres beberam da mesma maneira, na ordem apropriada, e foram embora.

Os homens continuaram a beber e a conversar. Ogbuefi Idigo falava do sangrador de vinho de palma, Obiako, que repentinamente abandonara a profissão.

— Deve haver alguma coisa por trás disso — argumentou, limpando a espuma de vinho do bigode com as costas da mão esquerda. — Deve haver alguma razão para semelhante atitude. Um sapo não costuma correr durante o dia sem motivo.

— Alguns dizem que o Oráculo avisou Obiako de que ele corria o risco de cair de uma palmeira e se matar — falou Akukalia.

— Obiako sempre foi um sujeito estranho — acrescentou Nwakibie. — Ouvi contar que, há muitos anos, pouco depois de seu pai morrer, Obiako foi consultar o Oráculo. E este lhe disse: "Seu falecido pai deseja que você lhe sacrifique um bode". E vocês sabem o que Obiako respondeu ao Oráculo? "Pergunte a meu pai se ele teve uma ave sequer quando estava vivo."

Todos riram gostosamente, exceto Okonkwo, que deu um riso meio sem graça, porque, como diz o ditado, mulher velha sempre fica um pouco sem graça quando se mencionam ossos secos num provérbio. Okonkwo estava se lembrando de seu próprio pai.

Afinal, o rapaz que estivera servindo o vinho ergueu um chifre cheio até a metade de uma borra branca e espessa e declarou:

— O que estamos tomando está terminando.

— Já notamos — replicaram os outros.

— Quem vai beber a borra? — indagou o rapaz.

— Quem quer que tenha uma tarefa em mãos — falou Idigo, olhando para o filho mais velho de Nwakibie, Igwedo, com um brilho malicioso nos olhos.

Todos concordaram que Igwedo deveria beber a borra do vinho. Ele aceitou do irmão o chifre cheio até a metade e bebeu-o. Como dissera Idigo, Igwedo tinha realmente uma tarefa em mãos, porque desposara sua primeira mulher havia um mês ou dois. A borra espessa do vinho de palma era considerada muito aconselhável aos homens que iam dormir com suas mulheres.

Depois que beberam o vinho, Okonkwo contou a Nwakibie suas dificuldades.

— Vim procurá-lo — disse — porque preciso de seu auxílio. Talvez o senhor já esteja adivinhando do que se trata. Limpei uma roça, mas não possuo inhames para plantar. Sei o que significa pedir a um homem que confie em outro, quando se trata de seu inhame, principalmente nos dias de hoje, em que os jovens têm medo do trabalho duro. Eu não tenho medo de trabalho. O lagarto que conseguiu pular do alto da árvore para o chão disse que se elogiaria a si próprio, se ninguém mais o fizesse. Eu comecei a me defender numa idade em que a maioria das pessoas ainda está mamando o leite da mãe. Se o senhor me der alguns inhames para plantar, prometo não decepcioná-lo.

Nwakibie limpou a garganta.

— Fico muito satisfeito em ver um rapaz como você nos dias que correm, em que a juventude está se tornando mole demais. Muitos rapazes têm vindo pedir-me inhames, mas tenho me recusado a ajudá-los porque sei que se contentariam em enterrar os tubérculos no chão e deixá-los ali, até serem asfixiados pelas ervas daninhas. Quando lhes digo que não, pensam que sou um sujeito de coração duro. Mas não é bem assim. Eneke, o pássaro, diz que, desde que o homem aprendeu a atirar sem errar a pontaria, ele, o pássaro, aprendeu a voar sem pousar. Eu aprendi a ser sovina com os meus inhames. Porém, posso confiar em você. Basta olhar para seu rosto para saber disso. Como diziam nossos antepassados, pode-se descobrir que uma espiga de milho está madura só pelo seu aspecto. Eu lhe darei duas vezes quatrocentos inhames. Pode ir preparando o seu roçado.

Okonkwo agradeceu uma e outra vez, e foi para casa feliz. Tinha a certeza de que Nwakibie não lhe negaria ajuda, mas não esperava que viesse a ser tão generoso. Não imaginara que fosse conseguir mais do que uns quatrocentos inhames. Agora, teria de preparar um terreno maior. Tinha a esperança de conseguir mais outros quatrocentos inhames com um amigo de seu pai, em Isiúzo.

Como meeiro agrícola, era preciso percorrer um demorado caminho até se chegar a construir um celeiro próprio. Depois de muito trabalho árduo, só se tinha direito a um terço da colheita. Mas, para um jovem cujo pai não possuía inhames, não havia outro caminho. E no caso de Okonkwo as coisas ainda se tornavam piores pelo fato de ele ter de sustentar a mãe e as duas irmãs com os magros resultados da colheita. E sustentar a mãe também significava sustentar o pai. Não se poderia pretender que ela cozinhasse e comesse, enquanto o marido morria de fome. E, assim, numa idade muito nova, enquanto lutava desesperadamente para construir um patrimônio como meeiro, Okonkwo tinha também de sustentar a casa de seu pai. Era como jogar grãos de milho dentro de um saco cheio de buracos. A mãe e as irmãs trabalhavam com afinco, mas cuidavam de plantações tipicamente femininas, como o cará, o feijão e a mandioca. O inhame, rei das colheitas, era plantio de homem.

O ano em que Okonkwo pediu emprestados a Nwakibie oitocentos inhames foi o pior de que se tem notícia. Nada aconteceu no momento certo; ou aconteceu muito cedo ou aconteceu tarde demais. Parecia que o mundo tinha ficado doido. As primeiras chuvas chegaram tarde e, quando vieram, foi apenas durante um breve espaço de tempo. O sol abrasador retornou, mais forte do que nunca, e crestou todo o verde que despontara com as chuvas. A terra queimava como carvões aquecidos e tostava os inhames que tinham sido plantados. Como todo bom agricultor, Okonkwo começara a plantar com as primeiras chuvas. Já conseguira plantar quatrocentos inhames, quando as águas secaram e o calor voltou. Olhava o céu o dia inteiro, em busca de sinais de chuva, e passava a noite inteira acordado. De manhãzinha, voltava ao roçado e via os grelos murchando. Tentara protegê-los da terra em brasa colocando anéis de folhas grossas de sisal em torno deles. No fim do dia, contudo, os anéis de sisal estavam queimados, secos, cor de cinza. Trocava-os todos os dias e orava para que a chuva caísse durante a noite. Mas a seca continuou durante oito semanas de mercado, e os inhames foram destruídos.

Alguns agricultores ainda não tinham plantado seus inhames. Eram os preguiçosos, os boas-vidas, que sempre adiavam ao máximo a época de cuidar de suas terras. Nesse ano, tinham sido eles os sábios. Demonstravam solidariedade aos vizinhos, abanando muito a cabeça, porém, no fundo, estavam satisfeitos com aquilo que consideravam o resultado de uma correta previsão.

Quando as chuvas finalmente voltaram, Okonkwo plantou o que restara de seus inhames. Teve um consolo: os inhames que plantara antes da seca eram de sua propriedade, a colheita do ano anterior. Ainda lhe restavam os oitocentos de Nwakibie e os quatrocentos do amigo de seu pai. Poderia, portanto, recomeçar.

Mas o ano enlouquecera de vez. A chuva começou a cair mais forte do que nunca. Durante dias e noites seguidas, choveu torrencial e violentamente, e a chuva arrasou os montículos de terra sobre os inhames. Árvores foram desenraizadas, e profundas fossas apareceram por toda parte. Depois, a chuva tornou-se menos violenta. Mas prosseguiu, dia após dia, sem pausa. O curto período de sol, que costumava haver no meio da estação chuvosa, não houve. Os inhames brotavam em luxuriantes folhas verdes, porém todos os agricultores sabiam que, sem sol, os tubérculos não cresceriam.

Naquele ano, a colheita foi triste. Parecia um funeral. Muitos agricultores choravam à medida que desenterravam seus miseráveis e apodrecidos inhames. Um homem amarrou o pano com que se vestia ao galho de uma árvore e se enforcou.

Pelo resto de sua vida, Okonkwo relembraria esse ano trágico com um arrepio. Mais tarde, sempre que recordava aquilo tudo, surpreendia-se por não ter sucumbido ao desespero. Sabia que era um lutador ardoroso, mas aquele ano fora dose suficiente para arrebentar a coragem de um leão.

— Depois de ter sobrevivido àquele ano — costumava dizer

— estou certo de que sobreviverei a qualquer coisa. — E debitava isso à sua inflexível força de vontade.

Seu pai, Unoka, que na época já era um homem doente, dissera-lhe naquele terrível mês da colheita:

— Não se desespere. Eu sei que você não vai se desesperar. Você possui um coração viril e orgulhoso. Um homem de coração orgulhoso é capaz de sobreviver a um malogro generalizado, porque semelhante malogro não lhe afeta o orgulho. É mais difícil e mais amargo a um homem fracassar sozinho.

Unoka estava, assim, em seus últimos tempos de vida. O amor pela conversa crescera com a idade e com a doença. Com isso, esgotava, para além de todas as palavras, a paciência de Okonkwo.

4.

— Ao se olhar para a boca de um rei — dizia um velho — poderíamos pensar que ele jamais mamou em peito de mãe. — Referia-se a Okonkwo, que tão rapidamente saíra de uma grande miséria e de um grande infortúnio para se tornar um dos senhores do clã. O velho não guardava ressentimento algum contra Okonkwo. Na verdade, respeitava-o por sua diligência e seu êxito. Ficava, contudo, chocado, como a maioria das pessoas, com a brusquidão de Okonkwo ao lidar com seus semelhantes menos bem-sucedidos. Havia apenas uma semana, um homem o contradissera durante uma reunião familiar, onde se discutia a próxima festividade em honra aos ancestrais. Sem olhar para o sujeito, Okonkwo declarara:

— Esta é uma reunião de homens.

O sujeito que o contradissera não possuía nenhum título. Por esse motivo, Okonkwo o chamara de mulher. Todos os que estavam na reunião tomaram o partido de Osugo, quando Okonkwo o chamou de mulher. O homem mais idoso do grupo observara com severidade que aqueles para quem os caroços de palma eram rompidos por um espírito benevolente não deveriam se esquecer de se mostrar humildes. Okonkwo replicou que sentia muito ter dito o que dissera, e a reunião prosseguiu.

Mas não era verdade que os caroços de palma de Okonkwo tivessem sido rompidos por um espírito benevolente. Ele próprio os rompera. Qualquer pessoa que conhecesse a luta implacável que travara contra a miséria e o infortúnio não poderia dizer que ele apenas tivera sorte. Se alguém merecera o êxito, esse alguém fora Okonkwo. Ainda muito jovem, adquirira fama como o maior lutador de todo aquele território. Isso não fora por mera sorte. Quando muito, se poderia dizer que seu *chi*, ou deus pessoal, era muito bom. Mas o povo ibo tem um provérbio no qual se afirma que, quando um homem diz sim, seu *chi* também diz sim. Okonkwo dissera sim com muita força; e por isso seu *chi* concordara. E não somente seu *chi*, mas também todo o clã, porque se julgava um homem pelo trabalho de suas mãos. Essa fora a razão pela qual as nove aldeias escolheram Okonkwo para levar a ameaça de guerra aos inimigos, a menos que concordassem em entregar um rapaz e uma virgem como reparação pelo assassinato da esposa de Udo. E tal era o profundo temor que os inimigos nutriam por Umuófia, que trataram Okonkwo como um rei e lhe entregaram uma virgem, que foi dada a Udo como esposa, e Ikemefuna, o rapazola.

Os mais velhos do clã haviam decidido que Ikemefuna seria entregue aos cuidados de Okonkwo durante algum tempo. Mas ninguém pensara em um período de tempo tão longo quanto três anos. Pareciam ter-se esquecido completamente do rapaz depois de tomada a decisão.

No princípio, Ikemefuna sentira muito medo. Uma ou duas vezes, tentara fugir, mas não sabia por onde começar. Pensava em sua mãe e na irmãzinha de três anos, e chorava amargamente. A mãe de Nwoye era muito bondosa com ele e o tratava como a um filho. Porém tudo que ele dizia era:

— Quando é que eu vou voltar para casa?

Quando Okonkwo soube que o rapaz não queria comer alimento algum, entrou na choça com uma grande vara na mão e ficou parado diante do jovem, enquanto este engolia seus inhames, a tremer. Alguns instantes mais tarde, o rapaz foi para trás da choça e vomitou penosamente. A mãe de Nwoye foi até ele e colocou as mãos sobre o peito e as costas de Ikemefuna. Este continuou doente durante três semanas de mercado e, quando se recuperou, parecia ter superado seu grande medo e sua tristeza.

Era por natureza um rapaz muito alegre, e pouco a pouco foi se tornando popular na família de Okonkwo, especialmente entre as crianças. O filho de Okonkwo, Nwoye, que era dois anos mais moço, tornou-se inseparável de Ikemefuna, porque este parecia saber tudo. Era capaz de fabricar flautas de caniços de bambu e até mesmo de capim-elefante. Sabia o nome de todos os pássaros e armava engenhosas armadilhas para pegar os pequenos roedores do mato. E sabia que árvores forneciam os melhores galhos para se fazerem os arcos mais resistentes.

O próprio Okonkwo apegou-se muito ao garoto, embora não desse mostras disso, é claro. Okonkwo jamais demonstrava nenhuma emoção abertamente, a menos que fosse provocada pela raiva. Demonstrar afeição era sinal de fraqueza; a única coisa que valia a pena mostrar era a força. Tratava, portanto, Ikemefuna como aos demais — com mão pesada. Mas não havia dúvida de que gostava do rapaz. Certas vezes, quando ia assistir a grandes reuniões na cidade ou a festas comunitárias em homenagem aos ancestrais, permitia que Ikemefuna o acompanhasse, como um filho, a carregar seu banco e sua sacola de pele de cabra. E, na verdade, Ikemefuna o chamava de pai.

* * *

Ikemefuna chegara a Umuófia no final da alegre estação entre a colheita e o plantio. Recuperara-se, aliás, de sua doença alguns dias antes do início da Semana da Paz. E esse também foi o ano em que Okonkwo rompeu a paz, e foi punido, como era o costume, por Ezeani, o sacerdote da deusa da terra.

Okonkwo fora provocado em sua raiva pela esposa mais moça, que fora trançar o cabelo em casa de uma amiga e não regressara suficientemente cedo para preparar a refeição da tarde. De início, Okonkwo não sabia que ela não se achava em casa. Depois de esperar em vão pelo prato que ela deveria ter preparado, foi até a casa dela para ver o que se passava. Não encontrou ninguém lá. E o fogão estava frio.

— Onde está Ojiugo? — perguntou à segunda esposa, que saía de sua cabana para tirar água de um gigantesco pote que ficava à sombra de uma árvore pequenina, no meio do terreiro.

— Foi trançar o cabelo.

Okonkwo mordeu os lábios, enquanto a raiva lhe crescia por dentro.

— Onde estão os filhos dela? Estão com ela? — perguntou com calma e controle desusados.

— Estão aqui — respondeu sua primeira mulher, a mãe de Nwoye.

Okonkwo abaixou-se e olhou para dentro da cabana de sua esposa mais velha. Os filhos de Ojiugo comiam com os filhos de sua primeira mulher.

— Ela lhe pediu que lhes desse de comer antes de sair?

— Sim — mentiu a mãe de Nwoye, procurando minimizar a falta de consciência de Ojiugo.

Okonkwo sabia que ela não estava dizendo a verdade. Foi para o seu *obi*, a fim de aguardar o regresso de Ojiugo. E quando ela voltou, espancou-a brutalmente. Em sua fúria, esquecera-se de que aquela era a Semana da Paz. Suas duas outras esposas saíram correndo, muito assustadas, implorando-lhe que parasse, que aquela era a semana sagrada. Porém Okonkwo não era homem que deixasse uma surra a meio caminho, mesmo por temor a uma deusa.

Os vizinhos de Okonkwo ouviram os gritos da mulher e perguntaram, por cima do muro, o que estava acontecendo. Alguns se aproximaram, para ver com os próprios olhos. Jamais se ouvira contar que alguém batesse em alguém durante a Semana da Paz.

Antes do crepúsculo, Ezeani, que era o sacerdote de Ani, a deusa da terra, foi ter com Okonkwo. Okonkwo trouxe noz de cola e colocou-a diante do sacerdote.

— Tire daqui sua noz de cola! Não tenciono comer na casa de um homem que não respeita os deuses e os antepassados!

Okonkwo tentou explicar-lhe o que fizera a esposa, mas Ezeani parecia não lhe prestar atenção. Segurava um bastão curto numa das mãos, com o qual golpeava o solo, para dar mais ênfase ao que dizia.

— Ouça-me — disse, assim que Okonkwo se calou. — Você não é um estranho em Umuófia. Sabe tão bem quanto eu que nossos ancestrais ordenaram que, antes da época do plantio, devemos observar uma semana durante a qual nenhum homem pode dizer uma palavra dura a seu vizinho. Durante esta semana, vivemos em paz com nossos semelhantes, para honrar nossa grande deusa da terra, sem cuja bênção nossas plantações não crescerão. Você cometeu um grande mal — afirmou, batendo com o bastão pesadamente no solo. — Sua mulher também errou, mas mesmo que você, ao entrar em seu *obi*, a tivesse encontrado com um amante deitado sobre ela, ainda assim você teria cometido um grande mal se a tivesse espancado.

O bastão tornou a golpear o solo.

— O mal que você fez pode arruinar todo o clã. A deusa da terra, a quem você ofendeu, poderá recusar-se a nos dar auxílio, e todos nós pereceremos. — E continuou, passando do tom de zanga ao de comando: — Você deverá levar, amanhã, ao santuário de Ani, uma cabra, uma galinha, uma peça de tecido e cem cauris.

Levantou-se e saiu da morada.

Okonkwo fez o que o sacerdote lhe ordenara. Levou, além disso, uma cabaça de vinho de palma. Intimamente estava arrependido. Não era homem, contudo, que saísse por aí a reconhecer o erro diante dos vizinhos. Por isso, as pessoas comentaram que ele não respeitava os deuses do clã. Seus inimigos afiançaram que sua boa sorte lhe subira à cabeça. Chamaram-no de *nza*, o pequenino pássaro que a tal ponto não se enxergara, após uma farta refeição, que ousara desafiar seu *chi*.

Não se trabalhava durante a Semana da Paz. Visitavam-se os vizinhos, bebia-se vinho de palma. Nesse ano, não se falou em outra coisa que não no *nso-ani*, o grande pecado cometido por Okonkwo. Era a primeira vez, em muitos anos, que um homem rompia a paz sagrada. Até mesmo os mais velhos só se lembravam de uma ou duas ocasiões em que isso se dera, num passado longínquo.

Ogbuefi Ezeudu, o mais velho da aldeia, comentava, com outros dois homens que o tinham ido visitar, que a punição pelo rompimento da Paz de Ani se tinha suavizado muito no clã.

— Nem sempre foi assim — declarou. — Meu pai me contou terem lhe contado que, no passado, quem rompesse a paz era arrastado pelo chão da aldeia até morrer. Mas algum tempo depois esse costume se interrompeu porque, em última análise, quebrava a paz que era suposto preservar.

— Contaram-me ontem — disse um dos visitantes mais jo-

vens — que, em certos clãs, se considera uma abominação que um homem morra durante a Semana da Paz.
 — E realmente é verdade — falou Ogbuefi Ezeudu. — Existe essa crença em Obodoani. Se um homem morrer nessa semana, não é enterrado. Jogam-no na Floresta Maldita. É um mau costume o que essa gente segue, porque lhe falta compreensão. Atiram na floresta uma grande quantidade de homens e mulheres, sem enterro. E qual é o resultado? Seu clã vive cheio dos espíritos maus desses mortos sem tumba, ávidos de causar danos aos vivos.

Após a Semana da Paz, todos os homens e suas famílias começaram a limpar o mato para preparar as novas roças. O mato cortado era posto a secar e, depois, ateavam-lhe fogo. À medida que a fumaça subia para o céu, gaviões surgiam de diversas direções e pairavam sobre o campo incendiado, num adeus silencioso. A estação das chuvas se aproximava e, com ela, eles partiriam, para só regressar quando a seca voltasse.
 Okonkwo passou os dias seguintes preparando seus inhames para o plantio. Examinava cada um cuidadosamente, observando se estava em condições de ser plantado. Algumas vezes, decidia que um inhame era grande demais para ser usado como uma única semente e o cortava, ágil, no sentido da altura, com sua faca afiada. Nwoye, o filho mais velho, e Ikemefuna o ajudavam, indo buscar os inhames no celeiro em grandes cestas, e separando os que Okonkwo reservara para o plantio em grupos de quatrocentos. Okonkwo, às vezes, dava-lhes inhames para preparar, mas depois, por mais esforço que fizessem, sempre encontrava algum defeito, e os ofendia em tom ameaçador:
 — Você pensa que está cortando inhame para cozinhar? — perguntava a Nwoye. — Se você cortar outro inhame desse

tamanho, eu lhe arrebento a cara! Está pensando que ainda é criança? Me tornei dono de um roçado com a sua idade! E você — dirigia-se a Ikemefuna — por acaso nunca plantou inhame na cidade de onde veio?

No íntimo, Okonkwo sabia que eles ainda eram jovens demais para dominar completamente a difícil arte de preparar os inhames para o plantio. Achava, porém, que nunca era cedo demais para começar. Inhame era o símbolo da virilidade, e aquele que fosse capaz de alimentar a família com os inhames de uma colheita à outra era realmente um grande homem. Okonkwo desejava que seu filho chegasse a ser um grande agricultor e um grande homem. Para isso, estava pronto a eliminar os inquietantes sinais de preguiça que imaginava entrever no menino.

— Não pretendo ter um filho que não possa manter a cabeça erguida em qualquer reunião do clã. Se isso acontecesse, eu o estrangularia com minhas próprias mãos. E se você continuar a me encarar desse jeito — ameaçou —, Amadiora lhe quebrará a cabeça!

Dias depois, quando duas ou três chuvaradas já haviam umedecido a terra, Okonkwo e a família foram ao roçado com grandes cestos de inhames, enxadas e machetes. E o plantio começou. Faziam montículos de terra, separados uns dos outros, em linhas retas, ao longo de todo o campo, e neles plantavam os inhames.

O inhame, rei das colheitas, era um rei muito exigente. Durante três ou quatro luas requeria trabalho pesado e atenção constante, desde o primeiro cantar do galo até a hora em que as galinhas se recolhem. Os grelos precisavam ser protegidos do calor da terra por anéis de folhas de sisal. E quando as chuvas se tornavam mais pesadas, as mulheres cultivavam milho, melões e feijões nos intervalos entre os montículos de inhame. Mais tarde, as plantas eram escoradas em estacas: primeiro, em pequenos gravetos e, depois, em grandes galhos de árvores. As mulheres limpavam o roçado das ervas daninhas, três vezes, em períodos bem definidos — nem muito cedo nem muito tarde.

Agora as chuvas tinham realmente chegado, tão pesadas e tão persistentes que até mesmo o fazedor de chuvas da aldeia já se declarava incapaz de intervir. Agora, ele não podia mais parar a chuva, do mesmo modo que não tentava fazer chover no meio da estação seca, esse esforço que poderia pôr em sério risco sua saúde. O dinamismo pessoal requerido para se opor à força natural das estações era demasiado grande para o organismo humano.

Assim, ninguém interferia na natureza, em plena estação das chuvas. E elas despencavam do céu em lençóis tão espessos, que terra e céu pareciam submersos num único aguaceiro cinzento. Não era possível saber, então, se o débil roncar do trovão de Amadiora vinha do alto dos céus ou debaixo da terra. Nesses momentos, em cada uma das inúmeras choças de sapé de Umuófia, as crianças sentavam-se em volta do fogão, onde a mãe cozinhava, e contavam histórias, ou iam ter com o pai, em seu *obi*, e ali se aqueciam junto a uma pequena fogueira e assavam e comiam milho. Assim transcorria o breve período de repouso entre a exigente e árdua estação do plantio e o igualmente exigente, mas alegre, mês da colheita.

Ikemefuna começava a se sentir um membro da família de Okonkwo. Ainda pensava na mãe e na irmãzinha de três anos, e tinha momentos de tristeza e depressão. Mas ele e Nwoye tinham se ligado tão intimamente, que tais momentos eram cada vez mais raros e menos dolorosos. Ikemefuna possuía um estoque infindável de histórias. Mesmo aquelas que Nwoye já conhecia, eram contadas com nova frescura e com o sabor local de um clã diferente. Nwoye se recordaria desse período, com intensa nitidez, até o fim de sua vida. Iria se lembrar até mesmo de como tinha rido quando Ikemefuna lhe contara que o nome apropriado para uma espiga de milho que tivesse apenas alguns grãos esparsos era *eze-agadi-nwayi*, ou seja, dentes de mulher velha. O pensamento de Nwoye voltara-se imediatamente para Nwayieke, que morava perto de uma grande árvore. Ela tinha uns três dentes e estava sempre fumando cachimbo.

Aos poucos, as chuvas tornaram-se mais leves e menos frequentes, e a terra e o céu de novo se separaram. A chuva caía rala e oblíqua, cortada pela luz do sol e por uma tênue brisa. As crianças já não permaneciam dentro de casa, mas corriam para fora, a cantar:

A chuva está caindo, o sol está brilhando.
Nnadi, sozinho, está comendo e cozinhando.

Nwoye ficava imaginando quem seria esse Nnadi e por que estaria sozinho, comendo e cozinhando. Afinal, acabou por concluir que Nnadi devia morar naquela terra da história favorita de Ikemefuna, na qual a formiga mantém sua corte, com todo o esplendor, e as areias dançam sem cessar.

5.

A Festa do Novo Inhame vinha chegando, e Umuófia estava com uma disposição festiva. Era esse o momento de agradecer a Ani, a deusa da terra e fonte de toda fertilidade. De todas as deidades, Ani era a que desempenhava papel mais importante na vida do povo. Era o juiz supremo da moral e da conduta. E ainda por cima estava em íntima comunhão com os antepassados do clã, cujos corpos tinham sido confiados à guarda da terra.

O Festival do Novo Inhame realizava-se todos os anos, antes do início da colheita, em homenagem à deusa da terra e aos espíritos ancestrais do clã. Os inhames novos não podiam ser comidos sem que antes fossem oferecidos a Ani e aos antepassados. Homens e mulheres, jovens e velhos esperavam com ansiedade o Festival do Novo Inhame, porque com ele se iniciava a estação da plenitude — o novo ano. Na última noite antes da Festa, os inhames do ano anterior eram todos jogados fora por aqueles que ainda os tivessem. O ano novo devia começar com inhames frescos e saborosos, e não com os restos murchos e fibrosos da safra anterior. Todas as panelas, cabaças e tachos de madeira eram cuidadosamente lavados, e ainda mais o pilão de madeira no qual se socava o inhame. Pasta de inhame e sopa de inhame eram os principais pratos da celebração. E preparava-se tamanha quantidade desses alimentos, que, por mais que a família comesse, ou por maior que fosse o número de amigos e parentes convidados das aldeias vizinhas, sempre sobrava uma imensidão no fim do dia. Todas as vezes contava-se a história de um homem muito rico que colocou diante de seus convidados uma montanha tão alta de pasta de inhame, que aqueles sentados de um lado não conseguiam ver o que se passava do outro, e somente já bem entrada a noite foi que um deles avistou pela primeira vez um parente que chegara durante o banquete e se colocara na banda oposta à sua. Só então eles se cumprimentaram e se apertaram as mãos, por cima do que restava da comida.

O Festival do Novo Inhame era, pois, uma ocasião de alegria na aldeia. E todo aquele cujo braço ainda estava forte, como diziam os ibos, deveria convidar para a festa uma grande quantidade de pessoas, dos pontos mais distantes da região. Okonkwo sempre convidava os parentes de suas mulheres e, como agora tinha três esposas, seus hóspedes formavam um grupo bastante numeroso.

No entanto, por alguma razão, Okonkwo não chegava jamais a se entusiasmar com a festa como a maioria das pessoas. Era um comilão e bebia com facilidade uma ou duas cabaças grandes de vinho de palma. Sentia-se porém, sempre desconfortável, sentado aqui ou ali, durante dias, à espera de uma festa ou de que passassem os efeitos dela. Seria muito mais feliz trabalhando em sua roça.

Faltavam apenas três dias para o Festival. As mulheres de Okonkwo tinham esfregado as paredes das choças com barro vermelho, até que rebrilhassem. Depois, tinham desenhado nelas desenhos decorativos em branco, amarelo e verde-escuro. Em seguida, pintaram os próprios corpos de vermelho e desenharam arabescos, com tinta preta, no estômago e nas costas. As crianças também foram enfeitadas, os cabelos parcialmente raspados formando belos desenhos. As três mulheres conversavam, excitadas, sobre os parentes que tinham sido convidados, e as crianças deleitavam-se com a ideia de serem mimadas por esses visitantes. Ikemefuna também estava excitado. O Festival do Novo Inhame parecia-lhe um acontecimento muito mais importante em Umuófia do que em sua própria aldeia, lugar que já se ia tornando remoto e vago em sua imaginação.

E então explodiu a tormenta. Okonkwo, que estivera andando de um lado para outro dentro do *compound*, sem ter nada que fazer, tentando controlar a raiva, de repente encontrou um pretexto para desencadeá-la.

— Quem matou esta bananeira? — perguntou.

Fez-se imediatamente silêncio no *compound*.

— Quem matou esta árvore? Ou será que vocês todos são surdos e mudos?

Na realidade, a bananeira ainda estava mais do que viva. Simplesmente, a segunda mulher de Okonkwo havia cortado algumas folhas para embrulhar certos alimentos. E isso foi o que ela disse a Okonkwo. Ele, sem mais discussão, deu-lhe uma boa surra e deixou-as, a ela e à sua única filha, chorando. Nenhuma das outras esposas ousou interferir. Limitaram-se a ocasionais "Basta, Okonkwo!", ditos com medo e em tom suplicante, ambas mantendo uma distância razoável.

Depois de dar vazão à sua ira, Okonkwo resolveu ir caçar. Possuía uma espingarda velha e enferrujada, feita por um hábil ferreiro que fora morar em Umuófia muito tempo antes. Mas, embora Okonkwo fosse um grande homem, cuja bravura todo mundo conhecia, não era um caçador. Na verdade, jamais matara sequer um rato com a espingarda. Por isso, quando chamou

Ikemefuna para que fosse buscar a arma, a mulher que acabara de ser espancada murmurou qualquer coisa a respeito de espingardas que nunca eram usadas. Infelizmente para ela, Okonkwo ouviu o comentário. Correu furioso para o quarto, à procura da arma. E, de volta, apontou a espingarda na direção da mulher, que tentava saltar por cima do murinho do celeiro. Apertou o gatilho e ouviu-se um estouro muito forte, acompanhado dos lamentos de suas mulheres e filhos. Jogou a arma no chão e pulou para dentro do celeiro, onde jazia a mulher, muito abalada e assustada, mas ilesa. Okonkwo deu um suspiro profundo e foi-se embora, levando a arma.

Apesar desse incidente, o Festival do Novo Inhame foi celebrado com grande alegria na família de Okonkwo. Naquela manhã bem cedo, quando levara a oferenda sacrificial de inhame novo e de óleo de palma aos ancestrais, ele lhes pedira que o protegessem, bem como a seus filhos e as mães deles.

À medida que ia entardecendo, os parentes de Okonkwo começaram a chegar das aldeias vizinhas, e cada grupo trazia um gigantesco pote de vinho de palma. Comeu-se e bebeu-se até a noite, quando os convidados, pouco a pouco, regressaram às suas casas.

O segundo dia do novo ano era o da grande competição de luta corporal entre a aldeia de Okonkwo e as outras próximas dali. Difícil era dizer o que o povo apreciava mais — se as festas e o companheirismo do primeiro dia, ou se o torneio de luta do segundo. Havia uma mulher, contudo, que não tinha nenhuma dúvida a respeito. Era a segunda mulher de Okonkwo, Ekwefi, que ele quase matara com um tiro. Não havia festival, em qualquer estação do ano, que lhe desse tanto prazer quanto o torneio de luta livre. Havia muitos anos, quando ela era a beldade da aldeia, Okonkwo lhe conquistara o coração ao derrubar o Gato no maior torneio de que se tinha memória. Não havia se casado com ele naquela ocasião porque Okonkwo ainda era pobre demais para poder pagar seu preço de noiva. Alguns anos depois, porém, fugira da casa de seu marido para ir viver com Okonkwo. Tudo isso acontecera havia muito tempo. Agora Ekwefi era uma mulher de quarenta e cinco anos que sofrera muito na vida. Contudo, seu amor pelos torneios de luta livre persistia tão forte quanto trinta anos atrás.

Ainda não era meio-dia da segunda jornada do Festival do Novo Inhame. Ekwefi e sua única filha, Ezinma, estavam sentadas junto ao fogão, esperando a água da panela ferver. A ave que Ekwefi acabara de matar estava dentro do pilão. A água começou a ferver e, com um movimento hábil, Ekwefi retirou a panela do fogo e derramou-a sobre a ave. Colocou a panela vazia num suporte, a um canto, e olhou para as palmas da mão, pretas de fuligem. Ezinma sempre se surpreendia com o fato de sua mãe ser capaz de retirar uma panela do fogo com as mãos desprotegidas.

— Ekwefi — disse ela —, é verdade que, quando as pessoas são crescidas, o fogo não as queima? — Ezinma, ao contrário da maioria das crianças, costumava chamar a mãe pelo nome.

— É — respondeu Ekwefi, ocupada demais para explicações. A filha tinha apenas dez anos, mas era muito esperta para a idade.

— No entanto, a mãe de Nwoye deixou cair a panela cheia de sopa quente, há alguns dias, e a panela se espatifou no chão.

Ekwefi girou a galinha que estava no pilão e começou a depená-la.

— Ekwefi — continuou Ezinma, que se juntara à mãe, para ajudá-la a depenar a galinha —, minha pálpebra está tremendo.

— Isso quer dizer que você vai chorar — disse a mãe.

— Não — retrucou Ezinma —, é a pálpebra, a de cima.
— Isso significa que você vai ver alguma coisa.
— O que é que eu vou ver? — indagou a menina.
— Como é que eu posso saber? — Ekwefi queria que a filha descobrisse por si mesma.
— Ha, ha! — exclamou Ezinma por fim. — Já sei o que é. É o torneio de luta livre.

Finalmente, a galinha foi toda limpa. Ekwefi tentou arrancar fora o bico caloso, mas ele era duro demais. Deu meia-volta no banquinho baixo em que estava sentada e colocou o bico sobre o fogo durante alguns instantes. Deu-lhe novo puxão e ele saiu fora.

— Ekwefi! — ouviu-se uma voz chamando de uma das outras choças. Era a mãe de Nwoye, a primeira mulher de Okonkwo.

— Você está me chamando? — respondeu Ekwefi. Era essa a maneira de replicar aos chamados de fora. As pessoas jamais respondiam sim, por temor de que pudesse ser um espírito mau.

— Será que você poderia pedir que Ezinma me trouxesse algumas brasas? — Seus filhos e Ikemefuna tinham ido até ao rio.

Ekwefi colocou algumas brasas num caco de barro e Ezinma levou-as, pelo terreiro recém-varrido, até a casa da mãe de Nwoye.

— Obrigada, Nma — disse ela. Descascava inhames novos e, numa cesta ao lado dela, havia verduras e feijões.

— Deixe-me acender o fogo para a senhora — ofereceu-se Ezinma.

— Muito obrigada, Ezigbo — retrucou a mulher. Frequentemente chamava a menina de Ezigbo, que significa "a bondosa".

Ezinma foi lá fora e trouxe alguns gravetos de uma imensa pilha de lenha. Partiu-os em pedaços pequenos com a sola do pé e começou a fazer fogo, soprando as brasas.

— Seus olhos vão explodir, de tanto que você sopra — comentou a mãe de Nwoye, a espreitá-la por cima dos inhames que estava descascando. — Use o abano.

A mulher levantou-se e puxou o leque, amarrado a um dos caibros. Assim que ela se ergueu, a cabra leiteira, que até então estivera comendo obedientemente as cascas do inhame, meteu os dentes num pedaço do próprio inhame, escavando dois bons bocados grandes, e saiu correndo da choça, para ir ruminar debaixo do telheiro. A mãe de Nwoye esconjurou-a e tornou a se acomodar, para prosseguir seu trabalho. O fogo de Ezinma já fazia agora grossas nuvens de fumaça. Ela continuou a abaná-lo, até que ele explodiu em chamas. A mãe de Nwoye agradeceu e a menina voltou para a choça materna.

Justamente nesse momento, o som dos tambores começou a chegar até elas. Vinha da direção do *ilo*, o campo de recreação da aldeia. Cada vilarejo tinha o seu *ilo*, tão antigo quanto a comunidade, e nele se realizavam todas as grandes cerimônias e danças. Os tambores soavam no ritmo inconfundível da dança do torneio — rápido, leve e alegre, como era trazido pelo vento.

Okonkwo limpou a garganta e mexeu com os pés, na cadência dos tambores. Essa música era algo que o enchia de entusiasmo desde a juventude. Ele tremia, com uma ânsia de conquistar e subjugar. Era como se desejasse uma mulher.

— Chegaremos tarde para a luta — disse Ezinma à mãe.

— Eles não começarão antes que o sol se ponha.

—Mas os tambores já estão batendo...

— É certo. Os tambores começam ao meio-dia, mas a luta não principia senão quando o sol vai desaparecer. Vá ver se seu pai já tirou para fora os inhames da refeição da tarde.

— Já, sim. A mãe de Nwoye já está cozinhando.

— Vá até lá e traga os seus, então. Precisamos cozinhar depressa, ou chegaremos tarde para a luta.

Ezinma saiu correndo na direção do celeiro e voltou com dois inhames que pegara em cima do murinho.

Ekwefi descascou os inhames rapidamente. A irrequieta cabra leiteira vasculhava por ali, comendo as cascas. A mulher cortou os inhames em pedaços pequenos e começou a preparar uma sopa de legumes usando um pouco da galinha.

Naquele instante, ouviram alguém chorar do lado de fora do *compound*. O choro parecia o de Obiageli, a irmã de Nwoye.

— Não é Obiageli quem está chorando? — perguntou Ekwefi à mãe de Nwoye, que estava do outro lado do pátio.

— Sim — retrucou ela. — Deve ter quebrado o pote d'água.

O choro estava agora muito perto, e a fieira de crianças entrou no *compound*, com bilhas de vários tamanhos à cabeça, de acordo com a idade de cada uma. Ikemefuna vinha em primeiro lugar, com a jarra maior, seguido por Nwoye e seus dois irmãos menores. Obiageli vinha na retaguarda, a face banhada em lágrimas. Trazia na mão a rodilha sobre a qual a moringa se apoia na cabeça.

— O que foi que houve? — perguntou a mãe, e Obiageli contou sua triste história. A mãe consolou-a, prometendo comprar-lhe outra bilha.

Os irmãos mais moços de Nwoye estavam a ponto de contar à mãe a verdadeira história do acidente, quando Ikemefuna lançou-lhes um olhar severo e eles ficaram quietos. O fato é que Obiageli tinha estado fazendo *inyanga* com a jarra. Equilibrara-a na cabeça, cruzara os braços na frente do corpo e começara a balançar os quadris, como fazem as meninas mais velhas. Quando o pote caiu e se quebrou, ela rira às gargalhadas. Só começara a chorar perto da gameleira, quase ao lado do *compound*.

Os tambores continuavam a tocar, persistentes, sem mudar de cadência. Seu som já não era algo separado da aldeia buliçosa. Era como se fosse o pulsar de seu coração. Ressoava no ar, na luz do sol e até nas árvores, empolgando toda a aldeia.

Com uma concha, Ekwefi pôs a sopa do marido dentro de uma tigela e a tampou. Ezinma levou-a para ele, no *obi*.

Sentado numa pele de bode, Okonkwo começava a comer a refeição que lhe mandara a primeira mulher. Obiageli, que fora encarregada de trazer a comida da choça de sua mãe, esperava ele terminar, sentada no chão. Ezinma depositou diante de Okonkwo o prato que sua mãe lhe enviara, e acomodou-se perto de Obiageli.

— Sente-se como uma mulher! — berrou-lhe Okonkwo.

Ezinma juntou as pernas e esticou-as à sua frente.

— Pai, o senhor vai assistir à luta? — perguntou Ezinma após algum tempo de cauteloso silêncio.

— Vou — respondeu. — E você?

— Também vou. — E depois de uma pausa, acrescentou: — Posso trazer-lhe sua cadeira?

— Não, isso é trabalho de menino.

Okonkwo tinha um carinho especial por Ezinma. Ela se parecia muito com a mãe, que um dia fora a moça mais bonita da aldeia. Esse carinho, no entanto, só se punha à mostra em ocasiões muito raras.

— Hoje Obiageli quebrou uma bilha — disse Ezinma.

— Eu sei. Ela já me contou a história — contestou Okonkwo, ainda de boca cheia.

— Pai — observou Obiageli —, as pessoas não devem falar enquanto estão comendo, pois a pimenta pode descer pelo lugar errado.

— Você tem razão. Ouviu isso, Ezinma? Você é mais velha do que Obiageli, mas ela tem mais juízo.

Okonkwo destampou a tigela enviada pela segunda mulher e começou a comer a sopa. Obiageli pegou a vasilha que trouxera e com ela regressou à choça materna. Foi então que Nkechi chegou, trazendo o terceiro prato. Nkechi era a filha da terceira mulher de Okonkwo.

À distância, os tambores continuavam a soar.

6.

A aldeia inteira compareceu ao *ilo* — homens, mulheres e crianças. Quase todos ficaram de pé, formando um enorme círculo e deixando livre o centro do terreiro. Os mais velhos e as eminências da aldeia sentaram-se em seus próprios tamboretes, levados até ali por seus filhos menores ou por seus escravos. Okonkwo estava entre eles. Todos os demais ficaram de pé, exceto aqueles que haviam chegado suficientemente cedo para conseguir lugar nas poucas arquibancadas existentes, construídas com troncos lisos apoiados em suportes em forma de forquilhas.

Os lutadores ainda não tinham chegado, e os tocadores de tambor dominavam o ambiente. Estavam também sentados, à frente do grande círculo de espectadores, bem defronte ao grupo dos anciãos. Por trás deles erguia-se a alta e antiga árvore-de-seda-e-algodão, que era sagrada. Os espíritos das crianças boas viviam naquela árvore, à espera da hora de nascerem. Nos dias comuns, jovens mulheres que desejavam filhos iam sentar-se à sua sombra.

Havia sete tambores, dispostos conforme o tamanho, numa

comprida cesta de madeira. Três homens golpeavam-nos com varetas, movendo-se febrilmente de um tambor a outro. Estavam possuídos pelo espírito dos tambores.

Os rapazes encarregados de manter a ordem corriam de um lado para o outro, consultando-se, e também com os líderes dos dois times que iriam competir e que ainda estavam fora do círculo, por trás da multidão. De vez em quando, dois jovens, carregando grandes folhas de palmeira, corriam em volta do círculo e mantinham a multidão afastada do centro do terreiro. Batiam com as palmas no chão à frente das pessoas ou, se elas se mostravam teimosas, golpeavam-lhes pernas e braços.

Afinal, os dois grupos entraram no círculo, dançando, sob os aplausos e os urros da multidão. Os tambores bateram com mais força, num ritmo frenético. A assistência ondulou para a frente. Os rapazes que mantinham a ordem voavam de um lado a outro, agitando suas folhas de palmeira. Os velhos acompanhavam com a cabeça a batida dos tambores, relembrando o tempo em que tinham lutado ao som daquele ritmo excitante.

As lutas tiveram início com os rapazes de quinze ou dezesseis anos. Havia apenas três em cada equipe. Eles não eram verdadeiros lutadores; simplesmente preparavam a assistência para o que viria depois. Em pouco tempo, os dois primeiros combates terminaram. Mas o terceiro causou grande sensação, mesmo entre os mais velhos, que em geral não tinham o hábito de mostrar-se assim tão abertamente excitados. Esse combate foi tão rápido quanto os dois anteriores, talvez ainda mais rápido. Porém pouca gente tinha visto um dia uma luta como aquela. Assim que os dois garotos se aproximaram, um deles fez algo que ninguém saberia descrever, pois se passara rápido como um raio. O outro rapazola caiu de costas, estatelado no chão. A multidão urrava e aplaudia tanto que, durante alguns instantes, abafou os frenéticos tambores. Okonkwo ficou de pé, num salto, tornando a sentar-se em seguida. Três rapazes do time vitorioso adiantaram-se correndo, puseram o vencedor nos ombros e dançaram no meio da multidão, que dava vivas. Pouco depois, todos souberam quem era o vencedor. Chamava-se Maduka e era filho de Obierika.

Os tocadores de tambor pararam para um breve descanso, antes que as verdadeiras lutas começassem. Seus corpos brilhavam de suor. Pegaram leques e começaram a abanar-se. Beberam água em pequenas cabaças e comeram noz de cola. Foram se tornando novamente seres normais, a conversar e a rir entre si e com os outros em volta. A atmosfera, plena de tensão e excitamento, tornara a distender-se. Era como se alguém tivesse jogado água em cima da pele esticada de um tambor. Muita gente olhava ao redor, quem sabe se pela primeira vez, e começava a prestar atenção àqueles que estavam de pé ou sentados, nas proximidades.

— Não sabia que era você — disse Ekwefi à mulher que se mantivera a seu lado desde o início do torneio.

— Não é de admirar — replicou a outra. — Nunca vi tão grande amontoado de gente. É verdade que Okonkwo quase matou você com a espingarda?

— É verdade, minha querida amiga. Até agora não tive ânimo para contar a história.

— O seu *chi* está acordadíssimo, minha amiga. E como vai minha filha Ezinma?

— Faz tempo que ela anda muito bem. Talvez tenha vindo para ficar.

— Acho que sim. Quantos anos ela tem agora?

— Quase dez.

— Acho que ela vai ficar. Geralmente ficam, quando não morrem antes dos seis anos.

— Rezo para que fique — acrescentou Ekwefi com um suspiro profundo.

A mulher com quem ela conversava chamava-se Chielo. Era a sacerdotisa de Agbala, o Oráculo das Montanhas e das Grutas. Na vida normal, Chielo era uma viúva com dois filhos. Muito amiga de Ekwefi, as duas compartilhavam uma barraca no mercado. Chielo tinha um carinho todo especial pela filha única de Ekwefi, Ezinma, a quem costumava chamar de "minha filha". Muitas vezes, ao comprar bolos de feijão, dava alguns a Ekwefi, para que ela os levasse a Ezinma. Quem olhasse para a Chielo de todos os dias, dificilmente acreditaria ser a mesma pessoa que profetizava, quando o espírito de Agbala incorporava nela.

Os tocadores de tambor pegaram novamente as varetas e o ar tremeu, tornando-se tenso como um arco esticado.

As duas equipes estavam enfileiradas, confrontando-se à distância. Um rapaz veio dançando pelo centro do terreiro, chegou perto do outro time e apontou para aquele contra quem desejava lutar. Dançaram juntos, de volta ao centro do terreiro, e se engalfinharam.

Havia doze homens de cada lado e a iniciativa do desafio passava de um time a outro. Dois juízes se movimentavam ao redor dos lutadores e, quando achavam que a competição estava equilibrada, interrompiam a luta. Cinco pelejas terminaram dessa forma. Os momentos realmente excitantes foram aqueles em que um dos homens foi ao chão, derrubado. O brado da multidão erguia-se até o céu e em todas as direções. Era ouvido até mesmo nas aldeias vizinhas.

A última luta foi entre os dois líderes dos times. Ambos estavam entre os melhores lutadores de todas as nove aldeias. A multidão se perguntava quem iria derrubar o outro este ano. Alguns diziam que Okafo era o melhor; outros, que não se comparava a Ikezue. No ano anterior, nenhum dos dois lograra derrubar o adversário, apesar de os juízes terem permitido que a competição se alongasse por mais tempo do que o costumeiro. Ambos tinham o mesmo estilo e um adivinhava as intenções do outro antecipadamente. Este ano a situação poderia repetir-se.

O crepúsculo já se aproximava, quando começaram a lutar. Os tambores enlouqueceram e a assistência também. Ela agitou-se e avançou para a frente, quando os dois rapazes dançaram até ao centro. As folhas de palmeira já não faziam as pessoas recuar.

Ikezue estendeu a mão direita. Okafo apertou-a, e os dois começaram o rodeio que antecede a luta. Foi uma peleja feroz. Ikezue forcejava para enterrar o calcanhar direito por trás de Okafo, a fim de derrubá-lo, no hábil estilo *ege*. Mas este sabia o que o outro estava maquinando. A multidão rodeara e abafara os tocadores de tambor, cujo ritmo apressado não era mais apenas um som isolado, e sim a própria batida do coração do povo.

Os lutadores estavam agora quase imóveis, um agarrado ao outro. Os músculos de seus braços, de suas coxas e de suas costas mostravam-se em relevo e estremeciam. Parecia uma luta equilibrada. Os dois juízes já se adiantavam para separá-los, quando Ikezue, desesperado, dobrou subitamente o joelho, na tentativa de jogar o contedor ao alto, por cima de sua cabeça. Um triste erro de cálculo. Rápido como o raio de Amadiora, Okafo levantou a perna direita e passou-a por cima da cabeça do rival. A multidão explodiu em berros ensurdecedores. Okafo foi erguido do chão por seus partidários e carregado nos ombros para casa. Cantavam-lhe louvores, acompanhados pelo bater de palmas das moças:

Quem lutará por nossa aldeia?
Okafo lutará por nossa aldeia.

Terá ele derrubado já mais de cem homens?
Ele já derrubou uns quatrocentos homens.
Derrubou ele já uma centena de Gatos?
Ele já derrubou uns quatrocentos Gatos.
Diga-lhe que venha então lutar por nós!

7.

Durante três anos, Ikemefuna morou com a família de Okonkwo, e os velhos da tribo pareciam tê-lo esquecido. O garoto crescia rapidamente, repleto da seiva da vida, como as gavinhas de um pé de inhame durante a estação chuvosa. Deixara-se absorver por completo por seus novos familiares. Era como um irmão mais velho para Nwoye e, desde os primeiros dias de convívio, parecia ter acendido uma nova chama no menino mais moço. Fazia-o sentir-se crescido, e os dois já não passavam as tardes na cabana da mãe, a vê-la cozinhar, mas, em vez disso, sentavam-se junto a Okonkwo no interior do *obi*, ou lhe acompanhavam os movimentos quando ele saía para bater de leve na sua palmeira e fazer com que dela, por um corte previamente feito, descesse o vinho de palma que tomaria naquela noite. Agora, nada era mais grato a Nwoye do que ser chamado pela mãe ou por qualquer outra das mulheres de seu pai, a fim de executar uma daquelas difíceis tarefas caseiras, como, por exemplo, cortar lenha ou esmagar alimentos no pilão. E sempre que recebia incumbência semelhante, através de recado trazido por um de seus irmãos ou irmãs, Nwoye simulava aborrecimento e resmungava em voz alta contra as mulheres e os problemas que elas causavam.

Okonkwo estava intimamente satisfeito com o desenvolvimento do filho e não ignorava a boa influência de Ikemefuna. Queria que Nwoye crescesse e se tornasse um rapaz vigoroso, capaz de chefiar a casa e a família depois que Okonkwo morresse e fosse juntar-se a seus antepassados. Queria que o filho se tornasse um homem próspero, cujo celeiro contivesse o suficiente para alimentar os ancestrais com sacrifícios regulares. Por isso ficava contente quando o ouvia rabugento com as mulheres. Isso era sinal de que, futuramente, o filho seria capaz de controlar suas esposas, pois, por maior que fosse a prosperidade de um homem, se ele não demonstrasse ser capaz de dominar suas mulheres e seus filhos (principalmente suas mulheres), não era um homem de verdade. Era como o homem da canção — aquele que possuía dez mulheres mais uma, porém não tinha caldo suficiente para o seu *foo-foo*.

Okonkwo encorajava os meninos a se sentar a seu lado, no *obi*, e lhes contava histórias da terra — histórias masculinas de violência e sangue. Nwoye sabia que o certo era ser viril e violento, porém, apesar disso, ainda preferia os contos que sua mãe costumava narrar-lhe e que seguramente agora narrava aos filhos menores: histórias como as do jabuti cheio de astúcia, ou como a do pássaro *eneke-nti-oba*, que desafiou o mundo inteiro numa competição de luta corporal e acabou sendo derrotado pelo gato. Lembrava-se da história, que sua mãe tantas vezes contara, da briga entre a Terra e o Céu, muito tempo atrás, e de como o Céu negou chuva durante sete anos, até que as plantações todas secaram e os mortos não mais puderam ser enterrados, porque as enxadas se partiam contra a Terra endurecida. Finalmente o Abutre foi enviado ao Céu, para suplicar-lhe perdão e amolecer-lhe a alma com uma cantiga em que se falava dos sofrimentos dos homens. Sempre que a mãe de Nwoye entoava essa canção, ele sentia-se transportado até aquela cena distante, no Céu, onde o Abutre, emissário da Terra, cantava, a implorar misericórdia. Por fim, o Céu apiedou-se e entregou ao Abutre chuva enrolada em folhas de cará. Mas, à medida que ele voava de volta para casa, suas garras pontiagudas iam perfurando as folhas; e a chuva caiu, como nunca dantes. Caiu tão pesadamente que o Abutre não regressou à casa para transmitir a mensagem, voando para um lugar muito distante, onde divisara uma fogueira. Quando lá chegou, viu que um homem oferecia um animal em sacrifício. Aqueceu-se junto à fogueira e comeu as entranhas da vítima.

Era desse tipo de histórias que Nwoye gostava. Agora, contudo, ele sabia que eram fábulas para mulheres tolas e para crianças, e também sabia o que o pai esperava dele quando se tornasse um homem. Por isso, fazia de conta que já não se interessava por histórias de mulheres. E quando adotava essa atitude, via que o pai ficava satisfeito, e não mais o repreendia nem o espancava. E assim Nwoye e Ikemefuna ficavam escutando as histórias de Okonkwo sobre guerras tribais e sobre como, muito tempo atrás, ele havia tocaiado e subjugado uma vítima e conquistara sua primeira cabeça humana. E, enquanto Okonkwo lhes contava essas coisas do passado, permaneciam sentados no escuro ou diante da suave incandescência das achas de lenha, esperando que as mulheres terminassem de lhes preparar a comida. Quando terminavam, cada uma delas trazia para Okonkwo uma tigela de *foo-foo* e outra de sopa. Acendia-se uma lâmpada de azeite, Okonkowo provava um pouco do alimento de cada uma e dava depois duas porções para Nwoye e Ikemefuna.

Dessa maneira, as luas e as estações foram passando. E então vieram os gafanhotos. Isso não acontecia havia muitíssimos anos. Os velhos da tribo disseram que os gafanhotos apareciam uma só vez em cada geração; reapareciam todos os anos durante sete anos seguidos e, depois, tornavam a sumir durante outra vida inteira. Voltavam para suas cavernas numa terra distante, onde eram guardados por uma raça de homens-anões. E então, passada uma geração, esses homens novamente abriam as cavernas e os gafanhotos retornavam a Umuófia.

Eles chegaram durante a fria estação do harmatã, após a safra já ter sido recolhida, e comeram toda a mata brava.

Okonkwo e os dois meninos estavam trabalhando nos muros vermelhos da parte externa do *compound*. Essa era uma das tarefas mais leves da estação que se seguia à colheita. Uma nova cobertura de espessas folhas de palmeira era colocada sobre os muros, para protegê-los da próxima estação das chuvas. Okonkwo trabalhava do lado de fora do muro e os dois meninos do lado de dentro. Havia pequenos orifícios escavados na parte superior da parede, e por eles Okonkwo passava a corda, ou *tie-tie*, aos rapazes, os quais, por sua vez, a atavam ao redor das escoras de madeira, devolvendo-a depois ao outro lado. Dessa maneira, a cobertura era firmemente fixada sobre o muro.

As mulheres tinham ido ao mato apanhar lenha. As crianças pequenas visitavam os amiguinhos nos *compounds* próximos. O harmatã soprava e parecia destilar no mundo uma preguiçosa sensação de sonolência. Okonkwo e os dois meninos trabalhavam em absoluto silêncio, quebrado apenas quando uma nova palma era jogada sobre o muro ou quando uma galinha irrequieta mexia nas folhas secas em sua incessante busca de alimento.

E foi então que, de súbito, uma sombra caiu sobre a terra e o sol pareceu esconder-se por trás de densa nuvem. Okonkwo levantou os olhos do trabalho, a perguntar-se se iria chover numa época do ano em que isso jamais acontecia. Mas quase imediatamente um grito de alegria irrompeu em todas as direções, e Umuófia, que cochilava durante as horas brumosas daquele início de tarde, abriu-se em vida e atividade.

— Os gafanhotos estão baixando! — era o cântico alegremente entoado por toda a parte. Homens, mulheres e crianças abandonavam seus afazeres e suas brincadeiras e vinham todos para fora, a fim de assistir àquela cena tão rara. Os gafanhotos não apareciam havia muito, muito tempo e só os anciãos os tinham visto alguma vez.

O primeiro bando foi pequeno. Eram os arautos enviados para o reconhecimento da terra. Depois, apareceu no horizonte uma massa que se movia lentamente, semelhante a um infinito lençol de nuvem negra, levado pelo ar em direção a Umuófia. Em breve cobria a metade do céu e, agora, a sólida massa era apenas rompida por minúsculos pontos de luz, qual poeira de estrelas. Uma visão terrível, cheia de força e beleza.

Todos os moradores da aldeia estavam reunidos, falando excitadamente e rezando para que os gafanhotos acampassem em Umuófia durante a noite. Isso porque, embora os gafanhotos havia muitos anos não visitassem Umuófia, todos sabiam por instinto que eram gostosos de comer. Finalmente, os gafanhotos desceram. Instalaram-se em todas as árvores e em todas as lâminas de grama. Ocuparam os telhados e cobriram a terra nua. Grossos ramos de árvores quebraram-se sob o peso deles. E a aldeia inteira adquiriu a tonalidade terrosa e escura do vasto e esfomeado bando.

Muitas pessoas apareceram com cestos para apanhar os gafanhotos, mas os velhos da aldeia aconselharam paciência e lhes recomendaram que aguardassem o cair da noite. Tinham razão. Os insetos pousaram no mato durante a noite e suas asas ficaram molhadas de orvalho. Então, todos os moradores de Umuófia saíram de casa, apesar do frio harmatã, e encheram seus sacos e potes com gafanhotos. Na manhã seguinte, fritaram os insetos em caçarolas de barro, espalharam-nos ao sol e ali os deixaram, até ficarem bem secos e quebradiços. E durante muitos dias esse petisco raro foi comido com azeite de dendê.

Okonkwo estava sentado em seu *obi*, mastigando ruidosa e alegremente, em companhia de Ikemefuna e Nwoye, e bebendo copiosas doses de vinho de palma, quando Ogbuefi Ezeudu entrou. Ezeudu era o homem mais velho da aldeia de Umuófia. Fora um grande e valente guerreiro na juventude e agora gozava de enorme respeito na tribo inteira. Recusou-se a participar da refeição e pediu a Okonkwo que fosse com ele lá fora, pois desejava dizer-lhe algumas palavras a sós. Os dois saíram, a caminhar juntos, o velho apoiado num bastão. Quando se tinham distanciado o suficiente para não serem ouvidos, o velho dirigiu-se a Okonkwo, dizendo-lhe:

— Aquele garoto o considera como pai. Não seja cúmplice de sua morte.

Okonkwo ficou surpreso e estava a ponto de falar, quando o velho continuou:

— Sim, Umuófia decidiu que ele deve morrer. O Oráculo das Montanhas e das Cavernas pronunciou a sentença. O rapaz será levado para fora de Umuófia, tal como se costuma fazer, e lá o matarão. Mas não quero que você se envolva nisso de modo algum, porque o garoto o considera como pai.

Nas primeiras horas do dia seguinte, um grupo de anciãos proveniente das nove aldeias de Umuófia apareceu na casa de Okonkwo. Antes que começassem a falar, Nwoye e Ikemefuna foram mandados para fora. Os velhos não se demoraram muito, mas, depois que se foram, Okonkwo ficou sentado em silêncio durante longo tempo, com o queixo apoiado nas mãos. Mais tarde, chamou Ikemefuna e lhe disse que seria levado de volta à sua verdadeira casa no dia seguinte. Nwoye, que escutara a conversa por acaso, desatou em lágrimas, e, no mesmo instante, seu pai deu-lhe uma surra. Quanto a Ikemefuna, estava sem saber o que pensar. Sua verdadeira família tornara-se gradualmente uma lembrança muito vaga e distante. Ainda sentia saudades da mãe e da irmã e ficaria bem satisfeito em revê-las. Mas algo lhe dizia que jamais tornaria a vê-las. Lembrava-se de certa ocasião em que alguns homens haviam conversado em voz baixa com seu pai; e agora parecia-lhe que aquilo tudo estava acontecendo novamente.

Mais tarde, Nwoye foi à cabana da mãe e contou-lhe que Ikemefuna se iria embora. No mesmo instante, ela deixou cair a mão de pilão que estivera usando para esmagar pimenta, cruzou os braços sobre o peito e suspirou:

— Pobre criança!

No dia seguinte, os mesmos homens regressaram com uma cabaça de vinho. Estavam de trajes completos, como se fossem assistir a uma importante reunião do clã ou visitar uma aldeia vizinha. Tinham seus panos passados por baixo da axila direita e a bolsa de pele de cabra e o facão pendurados no ombro esquerdo. Okonkwo preparou-se rapidamente e se puseram a caminho, levando Ikemefuna, que carregava a cabaça de vinho. Um silêncio de morte baixou sobre o terreiro de Okonkwo. Até mesmo as criancinhas pareciam saber. Durante o dia inteiro, Nwoye permaneceu sentado na choça da mãe, os olhos cheios de lágrimas.

No início da viagem, os homens de Umuófia falaram e riram, teceram comentários sobre os gafanhotos, sobre suas mulheres e sobre alguns sujeitos efeminados que se haviam recusado a acompanhá-los. À medida, porém, que se afastavam dos arredores de Umuófia, o silêncio caiu sobre eles também.

Lentamente, o sol elevava-se para o centro do céu, e da trilha seca e arenosa começou a emanar o calor que ali estivera enterrado. Alguns pássaros chilreavam nas matas ao redor. Os homens pisavam sobre as folhas secas do chão. Tudo o mais era silêncio. De repente, na distância, ouviu-se o vago bater do *ekwe*, o tambor de madeira. O som crescia e sumia com o vento — pacífica dança de uma aldeia distante.

— É a dança de *ozo* — comentaram os homens. Mas nenhum tinha certeza de onde o batuque provinha. Alguns disseram que de Ezimili, outros que de Abame ou de Aninta. Discutiram durante alguns instantes e voltaram a ficar silenciosos, enquanto o som da dança aumentava ou diminuía, conforme a direção do vento. Em algum lugar, um homem recebia um título do seu clã, com música, dança e grande festa.

A vereda tornara-se uma estreita linha no coração da mata. As árvores baixas e a vegetação rasteira que circundavam Umuófia começavam a desaparecer, cedendo lugar a árvores gigantescas e a trepadeiras que talvez estivessem ali desde o começo do mundo, intocadas pelos machados e pelas queimadas. O sol, ao abrir caminho por entre folhas e galhos, projetava desenhos de luz e sombra sobre a senda arenosa.

Ikemefuna ouviu um murmúrio muito próximo às suas costas e voltou-se bruscamente. O homem que murmurara, falava agora em voz bem alta, incitando os demais a se apressarem.

— Ainda nos falta uma grande distância a vencer — disse. E então, ele e um outro homem puseram-se a andar à frente de Ikemefuna, estugando o passo.

Assim continuaram a caminhar os homens de Umuófia, armados de facões embainhados, e Ikemefuna, no meio deles, carregando na cabeça o vinho de palma. Embora a princípio se tivesse sentido inquieto, já nada mais receava. Okonkwo vinha atrás dele. Era-lhe quase impossível imaginar que Okonkwo não fosse seu verdadeiro pai. Nunca havia gostado muito do seu pai de verdade, cuja imagem, ao cabo desses três anos, se tornara muito distante. Mas sua mãe e sua irmãzinha de três anos... claro que ela agora já não teria apenas três anos, e sim seis. Será que ainda a reconheceria? Ela devia ter crescido um bocado. Pensava em como sua mãe haveria de chorar de alegria e agradeceria a Okonkwo ter cuidado tão bem de seu filho e o ter trazido de volta. Ela haveria de querer saber de tudo o que lhe acontecera durante todos aqueles anos. Será que ele iria lembrar-se de tudo? Falaria de Nwoye e de sua mãe, contaria o episódio dos gafanhotos... E, então, de repente, assaltou-lhe um pensamento. A mãe poderia estar morta. Em vão esforçou-se para afastar de sua mente esse pensamento. Depois procurou ajeitar as coisas da maneira como costumava fazer quando era pequeno. Ainda recordava a canção:

Eze elina, elina!
Sala
Eze ilikwa ya
Ikwaba akwa oligholi
Ebe Danda nechi eze
Ebe Uzuzu nete egwu
Sala*

Cantava-a mentalmente e caminhava a seu ritmo. Se a canção terminasse com a batida do pé direito, a mãe estava viva. Se findasse com a do pé esquerdo, estava morta. Não, morta não, e sim doente. Terminou com o pé direito. Ela estava viva e bem de saúde. Entoou a canção novamente, e dessa vez acabou quando punha no chão o pé esquerdo. Mas a segunda vez não valia. O primeiro canto chega até Chukwu, ou a casa de Deus. Essa era uma crença favorita das crianças. Ikemefuna sentia-se novamente criança. Devia ser a ideia de voltar para casa, para junto de sua mãe.

Um dos homens que vinham atrás dele pigarreou. Ikemefuna olhou para trás e o homem rosnou-lhe raivosamente que

---

* A canção recomenda ao chefe que não coma durante a cerimônia em que se recebe um título e em que se dança. (N. T.)

continuasse a andar e que não parasse para olhar para trás. A maneira como ele falou fez Ikemefuna sentir um calafrio de medo percorrer suas costas de alto a baixo. As mãos tremiam-lhe levemente sobre a cabaça escura que carregava. Por que Okonkwo tinha passado para a retaguarda? Ikemefuna sentia as pernas derreterem-se sob seu corpo. E tinha medo de olhar para trás.

Quando o homem que pigarreara se adiantou, erguendo o facão, Okonkwo virou o rosto para o outro lado. Ouviu o golpe. A cabaça caiu e partiu-se na areia. Escutou Ikemefuna gritar — Meu pai, eles me mataram! — enquanto corria na sua direção. Estonteado pelo medo, Okonkwo desembainhou seu facão e o abateu. Temia ser considerado um fraco.

Naquela noite, no preciso momento em que o pai entrou em casa, Nwoye soube que Ikemefuna tinha sido morto, e algo pareceu ceder dentro dele, como o estalido da corda de um arco retesado. Não chorou. Ficou parado, o corpo amolecido. Havia não muito tempo tivera a mesma espécie de sensação. Fora durante a época da colheita. Todas as crianças gostavam da época da colheita. Aquelas já suficientemente crescidas para carregar ainda que apenas uns poucos inhames numa pequenina cesta iam com os pais para o campo. E se não podiam ainda ajudar a desenterrar os inhames, eram capazes pelo menos de ajuntar a lenha que serviria para assar aqueles que iriam ser comidos ali mesmo, no campo. Esse inhame assado, encharcado de azeite de dendê e comido no campo aberto, era mais doce do que qualquer outro comido em casa. Fora depois de um dia como esse, no campo, durante a última colheita, que Nwoye sentira pela primeira vez um estalido dentro dele, como o de agora. Voltavam para casa com as cestas dos inhames desenterrados de uma roça distante, na outra margem do rio, quando ouviram uma criança chorando na densa floresta. Fizera-se um súbito silêncio entre as mulheres que vinham a conversar, e elas apressaram o passo. Nwoye tinha ouvido contar que os gêmeos eram colocados em potes de barro e atirados bem longe, na floresta, mas nunca lhe acontecera encontrá-los no caminho. Um estranho arrepio desceu por seu corpo, e a cabeça parecia girar, como se ele fosse um caminhante solitário que, à noite, encontrasse um espírito mau na estrada. Depois, alguma coisa cedeu dentro dele. E a mesma sensação o dominou novamente, quando o pai entrou em casa, naquela noite, depois de matar Ikemefuna.

8.

Após a morte de Ikemefuna, Okonkwo não provou alimento algum durante dois dias. Bebia vinho de palma da manhã à noite e tinha os olhos injetados e ardentes, como os de um rato quando é agarrado pelo rabo e espatifado de encontro ao solo. Chamava o filho, Nwoye, para sentar-se junto a ele, em seu *obi*. Mas o garoto tinha medo do pai e, logo que o via cochilar, escapulia da cabana.

Okonkwo não dormia de noite. Procurava não pensar em Ikemefuna. Quanto mais, porém, se esforçava para isso, mais o menino não lhe saía da cabeça. Uma noite, levantou-se do leito e pôs-se a vagar pelo *compound*. Estava, contudo, num tal estado de fraqueza que as pernas mal o sustentavam. Sentia-se como um gigante bêbado tentando caminhar com as patas de um mosquito. De vez em quando, um arrepio gélido descia-lhe pela cabeça abaixo e se espalhava por seu corpo todo.

No terceiro dia, pediu à segunda mulher, Ekwefi, que lhe assasse algumas pacovas. Ela preparou-as do jeito que ele gostava — com fatias de peixe e feijão-manteiga.

— Há dois dias que o senhor não come — disse-lhe a filha, Ezinma, ao trazer a comida e colocá-la diante dele. — Por isso deve comer até ao fim.

A menina sentou-se com as pernas estendidas. Okonkwo principiou a comer, sem prestar atenção ao que fazia.

"Ela devia ter nascido menino", pensou, contemplando a filha de dez anos. Passou-lhe um pedaço de peixe.

— Vá buscar um pouco de água fresca para mim — pediu. Ezinma, ainda a mastigar o peixe, saiu correndo da cabana. Logo depois voltou com uma cabaça de água fresca, tirada do pote de barro que havia na choça da mãe.

Okonkwo tomou-lhe a cabaça das mãos e bebeu a água sofregamente. Comeu mais alguns bocados de banana e empurrou a tigela para o lado.

— Traga aqui o meu saco — pediu, e Ezinma foi apanhar a bolsa de pele de cabra num canto afastado da cabana. O pai começou a apalpar o interior do saco, à procura de sua garrafa de rapé. O saco era bastante fundo, o que o obrigava a enfiar o braço quase inteiro dentro dele. Continha outras coisas além da garrafa de rapé. Continha um chifre de beber e uma cuia, e os dois objetos entrechocavam-se, enquanto ele remexia no saco. Quando conseguiu encontrar a garrafa, tirou-a do saco e bateu-a várias vezes, levemente, contra o joelho. Pôs um pouco de rapé na palma da mão esquerda, e lembrou-se de que não tinha tirado do saco a colher de rapé. Tornou a remexer no saco e dele retirou uma colher de marfim, pequena e achatada, com a qual levou o pó castanho às narinas.

Com uma das mãos Ezinma pegou a tigela de comida e com a outra a cumbuca vazia, e regressou à cabana da mãe. "Ela deveria ter nascido menino", tornou a pensar Okonkwo. E, ao lembrar-se novamente de Ikemefuna, estremeceu. Se ao menos pudesse se ocupar com algum trabalho, talvez fosse capaz de esquecer. Mas aquela era a estação do descanso, entre a colheita e o plantio. A única tarefa que os homens executavam naquela época do ano era recobrir os muros de seus *compounds* com novas folhas de palmeira. E isso ele já havia feito. Terminara esse serviço justamente no dia em que os gafanhotos apareceram, quando então trabalhara de um lado do muro, ajudado, do outro, por Ikemefuna e Nwoye.

— Desde quando você se transformou numa velha trêmula? — perguntava Okonkwo a si mesmo mentalmente. — Logo você, que é conhecido em todas as nove aldeias por sua coragem na guerra... Como é possível que uma pessoa que matou cinco homens no campo de batalha se desmorone só porque acrescentou um meninote às suas vítimas? Okonkwo, decididamente você virou mulher.

De um salto, ficou de pé, pendurou o saco de pele de cabra no ombro e saiu para visitar seu amigo Obierika.

Obierika estava sentado do lado de fora, à sombra de uma laranjeira, entretecendo palmas de ráfia. Os dois homens cumprimentaram-se e Obierika encaminhou-se para o seu *obi*, precedendo o amigo, ao entrar.

— Pretendia ir visitá-lo assim que eu terminasse aquele telhado de sapê — disse, sacudindo os grãos de areia que se tinham grudado às suas coxas.

— Tudo bem? — indagou Okonkwo.

— Tudo bem — respondeu Obierika. — O pretendente da minha filha virá aqui hoje, e espero que consigamos acertar o preço da noiva. Quero que você esteja presente.

Nesse preciso momento, o filho de Obierika, Maduka, entrou no *obi*, cumprimentou Okonkwo e fez menção de afastar-se.

— Venha dar-me um aperto de mão — disse Okonkwo ao rapaz. — O modo como você lutou, no outro dia, me deixou muito satisfeito.

O rapaz sorriu, apertou a mão de Okonkwo e saiu para o terreiro.

— Este rapaz está fadado a grandes coisas — disse Okonkwo.
— Se eu tivesse um filho como o seu, estaria contente. Nwoye preocupa-me. Uma tigela de pirão de inhame é capaz de derrubá-lo em qualquer competição de luta livre. Os dois irmãos menores prometem mais. No entanto, asseguro-lhe, Obierika, que meus filhos não se parecem comigo. Onde os novos rebentos hão de crescer, quando a velha bananeira estiver morta? Se Ezinma fosse um menino, eu me sentiria mais feliz. Ela é quem possui o temperamento certo.

— Você se preocupa por nada — replicou Obierika. — As crianças ainda são muito pequenas.

— Nwoye já tem idade suficiente para fecundar uma mulher. Na idade dele, eu já sabia me defender sozinho. Não, meu amigo, o garoto não é mais tão criança. Pinto que um dia há de ser galo, a gente conhece assim que sai do ovo. Tenho feito o que posso para que Nwoye cresça e seja um homem de verdade, mas há muita coisa da mãe no temperamento do garoto.

"Muita coisa do avô", pensou Obierika, sem dizer nada. O mesmo pensamento veio à mente de Okonkwo. No entanto, fazia muito tempo que aprendera a enterrar esse fantasma. Todas as vezes que a lembrança da fraqueza e do fracasso do pai vinha importuná-lo, conseguia afastá-la, procurando pensar em sua própria força e no seu êxito. E foi o que fez: dirigiu o pensamento a sua última demonstração de macheza.

— Não posso entender por que você se recusou a vir conosco matar aquele menino — disse a Obierika.

— Não tive vontade de ir — retrucou Obierika em tom cortante. — Tinha coisa melhor para fazer.

— Você fala como se questionasse a autoridade e a decisão do Oráculo, que determinou a morte do rapaz.

— Não questiono nada. Por que o faria? Mas o Oráculo não me pediu que eu pessoalmente executasse a sua decisão.

— Alguém tinha de executá-la. Se todos nós tivéssemos medo de sangue, nada teria acontecido. E o que é que você pensa que o Oráculo faria nesse caso?

— Você bem sabe, Okonkwo, que eu não tenho medo de sangue; e se alguém disser que tenho, estará mentindo. E deixe que lhe diga uma coisa, meu amigo: se eu fosse você, teria ficado em casa. O que você fez não vai deixar contente a Terra. Por causa de atos desse tipo, a deusa é capaz de destruir famílias inteiras.

— A Terra não pode punir-me por ter obedecido a um de seus mensageiros — objetou Okonkwo. — Os dedos de uma criança não se queimam com um pedaço de inhame quente que a mãe coloca na palma de sua mão.

— Isso é verdade — concordou Obierika. — Se o Oráculo declarasse que um filho meu deveria ser morto, eu não discutiria a ordem, mas tampouco seria seu executor.

Os dois teriam continuado a discutir indefinidamente se, naquele instante, não tivesse entrado Ofoedu. Pelo brilho de seus olhos, era evidente que trazia notícias importantes. Seria, entretanto, pouco delicado apressá-lo. Obierika ofereceu-lhe um lóbulo da noz de cola que repartira com Okonkwo. Ofoedu comeu-a lentamente e falou dos gafanhotos. Ao terminar seu pedaço de noz, disse:

— Ultimamente, coisas muito estranhas têm acontecido.

— O que foi que aconteceu? — indagou Okonkwo.

— Vocês conhecem Ogbuefi Ndulue? — perguntou Ofoedu.

— Claro. Ogbuefi Ndulue, da aldeia de Ire — responderam Okonkwo e Obierika ao mesmo tempo.

— Morreu esta manhã.

— Mas isso nada tem de estranho. Era o homem mais idoso de Ire — comentou Obierika.

— Tem razão — concordou Ofoedu. — Você, porém, devia perguntar por que o tambor não foi tocado para anunciar a Umuófia a morte de Ogbuefi.

— Por quê? — perguntaram ao mesmo tempo Obierika e Okonkwo.

— Essa é justamente a parte estranha do caso. Vocês conhecem a primeira mulher dele, aquela que anda com um bastão?

— Sim. Chama-se Ozoemena.

— Isso mesmo — concordou Ofoedu. — Ozoemena era, como sabem, velha demais para cuidar de Ndulue durante a doença dele. Foram as esposas mais jovens que se ocuparam do velho. Esta manhã, quando ele morreu, uma dessas mulheres foi à cabana de Ozoemena e contou-lhe o acontecido. A velha ergueu-se da esteira, pegou o bastão e encaminhou-se para o *obi*. Prostrou-se no umbral da porta e chamou pelo marido, que jazia numa esteira. "Ogbuefi Ndulue", chamou a mulher três vezes, e em seguida voltou para a sua morada. Quando a esposa mais jovem foi chamá-la de novo, a fim de que estivesse presente na lavagem do corpo, encontrou-a deitada na esteira, morta.

— Realmente é muito estranho — afirmou Okonkwo. — Terão de adiar o funeral de Ndulue até a mulher ser enterrada.

— Por isso é que não se tocou o tambor para anunciar ao povo de Umuófia o ocorrido.

— Sempre ouvi dizer que Ndulue e Ozoemena eram muito unidos — comentou Obierika. — Eu me lembro que, quando eu era pequeno, havia uma canção que falava dos dois. Tudo que o marido fazia ele contava à mulher.

— Eu nunca soube disso — afirmou Okonkwo. — Sempre julguei que ele tivesse sido um homem forte na juventude.

— E realmente foi — disse Ofoedu.

Okonkwo abanou a cabeça, com ar de quem duvida.

— Era ele que, na época, chefiava o povo de Umuófia na guerra — rematou Obierika.

Pouco a pouco, Okonkwo voltou a sentir-se o mesmo homem de antes. Tudo de que necessitava era ter a mente ocupada. Se tivesse matado Ikemefuna durante as atarefadas estações do plantio e da colheita, as coisas não lhe teriam parecido tão más, pois sua mente estaria concentrada no trabalho. Okonkwo não era homem de pensamento, e sim de ação. E na falta de trabalho, conversar era o melhor remédio.

Logo depois que Ofoedu saiu, Okonkwo pegou o seu saco de pele de cabra e preparou-se para partir, dizendo:

— Preciso voltar para casa e tirar meu vinho de palma para hoje à noite.

— Quem é que sangra as árvores mais altas para você? — perguntou Obierika.

— Umezulike — respondeu Okonkwo.

— Há momentos em que eu desejaria nunca ter recebido o título de *ozo* — asseverou Obierika. — Sinto uma dor no coração quando vejo a rapaziada matando as palmeiras a pretexto de sangrá-las.

— Realmente, você tem razão — concordou Okonkwo. — Mas a lei da terra precisa ser obedecida.

— Não sei de onde fomos tirar semelhante lei — argumentou Obierika. — Em muitos outros clãs, não se proíbe os homens que possuem título de subir nas palmeiras. Aqui, dizemos que eles não podem subir nas árvores altas, mas podem sangrar as mais baixas, desde que o façam com os pés no chão. Isso me faz lembrar o caso de Dimaragana, que nunca emprestava sua faca para que se cortasse carne de cachorro, porque cachorro era um tabu para ele, mas se oferecia para fazê-lo com os próprios dentes.

— Acho certo que em nosso clã se tenha o título de *ozo* em tão alta estima — replicou Okonkwo. — Nos outros clãs que você mencionou, esse título está tão por baixo que qualquer mendigo o recebe.

— Eu estava brincando — disse Obierika. — Em Abame e Aninta, o título vale menos de dois cauris. Qualquer um usa o cordão do título ao redor do tornozelo, e não o perde nem quando rouba.

— Essa gente, sem dúvida nenhuma, conspurcou o título de *ozo* — acrescentou Okonkwo, levantando-se para partir.

— Meus futuros parentes devem chegar em breve — disse Obierika.

— Voltarei o mais depressa possível — prometeu Okonkwo olhando a posição do sol.

Quando Okonkwo regressou, havia sete homens na morada de Obierika. O pretendente era um jovem de uns vinte e cinco anos, e com ele estavam o pai e um tio. A família de Obierika fazia-se representar por seus dois irmãos mais velhos e por Maduka, o filho de dezesseis anos.

— Vá pedir à mãe de Akueke que nos mande algumas nozes de cola — ordenou Obierika ao filho. Maduka saiu como um raio na direção do terreiro. Imediatamente a conversa centralizou-se nele, todos concordando que o rapaz era afiado como uma navalha.

— Às vezes acho que é afiado demais — ponderou Obierika num tom mais ou menos indulgente. — Esse menino quase nunca anda. Está sempre correndo, com pressa. Se alguém o manda dar um recado, ele sai voando antes de ouvir a metade da mensagem!

— Você era muito parecido com seu filho — afirmou o irmão mais velho de Obierika. — Como diz nosso povo: quando a mãe-vaca está mascando grama, os filhotes ficam observando sua boca. Pelo visto, Manduka sempre esteve observando a sua boca.

Ainda não acabara de falar, e Manduka voltava, acompanhado por Akueke, sua meia-irmã, que trazia um prato de madeira com três nozes de cola e pimenta. Akueke entregou o prato ao tio mais velho e, depois, muito tímida, cumprimentou seu pretendente e os familiares dele com um aperto de mão. Tinha dezesseis anos, mais ou menos, e estava perfeitamente madura para o casamento. O pretendente e seus acompanhantes examinaram-lhe o corpo jovem com olhos experientes, como se quisessem assegurar-se de que era bela e amadurecida.

Akueke usava um penteado alto, que terminava numa espécie de crista no meio da cabeça. Haviam-lhe esfregado suavemente a pele com tintura de madeira e por todo o seu corpo havia desenhos escuros. Trazia ao pescoço um colar negro, que pendia em três voltas logo acima dos seios fartos e suculentos. Nos braços, usava braceletes vermelhos e amarelos e, acima dos quadris, quatro ou cinco fileiras de *jigida*, ou contas de cintura.

Quando acabou de apertar as mãos de todos, ou melhor, de estender-lhes a mão para que a apertassem, voltou à cabana da mãe, a fim de ajudá-la no preparo da comida.

— Antes de mais nada, tire sua *jigida* — disse-lhe a mãe em tom de advertência, quando Akueke se aproximou do fogão de lenha e colocou o pilão de encontro à parede. — Todos os dias repito-lhe que a *jigida* e o fogo não são amigos. Mas você nunca me dá ouvidos. Suas orelhas cresceram como adornos; não servem para escutar. Qualquer dia desses, a *jigida* pegará fogo em torno da sua cintura, e então você vai ver o que é bom...

Akueke encaminhou-se para o outro extremo da cabana e

começou a tirar as contas da cintura. Isso tinha de ser feito lenta e cuidadosamente, fieira por fieira, do contrário algum dos cordões se partiria e os milhares de diminutos anéis teriam de ser reenfiados. Ela fazia rolar para baixo cada uma das fieiras com as palmas das mãos, até conseguir passá-las pelos quadris, deixando-as depois cair no chão, ao redor dos pés.

No *obi*, os homens já tinham começado a beber o vinho de palma que o pretendente de Akueke trouxera. O vinho era de muito boa qualidade e bem forte, pois, apesar do coquinho no gargalo do vaso, destinado a reter a borbulhante bebida, a espuma branca transbordou e derramou-se toda.

— Este vinho foi colhido por um bom sangrador — comentou Okonkwo.

O jovem pretendente, cujo nome era Ibe, abriu um riso largo e falou para o pai:

— O senhor está ouvindo? — E continuou, dirigindo-se aos demais: — Meu pai jamais vai admitir que eu seja um bom sangrador.

— Ele sangrou tão bem três de minhas melhores palmeiras que as matou — respondeu o pai, Ukegbu.

— Isso aconteceu há cinco anos — disse Ibe, começando a servir o vinho —, antes que eu aprendesse a sangrar.

Encheu o primeiro chifre e deu-o ao pai. Depois, serviu os outros. Okonkwo tirou seu grande chifre de dentro do saco de pele de cabra, soprou nele, para remover qualquer poeira que pudesse estar depositada no interior, e entregou-o a Ibe, para que o enchesse.

Enquanto os homens bebiam, falavam de tudo, menos do assunto que ali os reunia. Foi somente depois de acabarem todo o vinho, que o pai do pretendente pigarreou, para clarear a voz, e anunciou o propósito da visita.

Em seguida, Obierika passou-lhe um pequeno feixe de varetas. Ukegbu contou-as.

— São trinta? — perguntou.

Obierika fez um gesto de concordância com a cabeça.

— Por fim estamos chegando a algum lugar — disse Ukegbu, dirigindo-se logo depois para o irmão e o filho, aos quais acrescentou estas palavras: — Vamos lá fora trocar algumas ideias.

Quando regressaram, Ukegbu entregou o feixe de varetas de volta a Obierika. Este contou-as: em vez de trinta, havia agora apenas quinze. Passou-as ao irmão mais velho, Machi, que também as contou, comentando:

— Não pretendíamos por menos de trinta. Mas, como dizia o cachorro da parábola, "Se eu me jogar no chão para brincar com você e você fizer o mesmo, dá tudo certo". O casamento deve ser uma brincadeira e não uma briga; é por isso que concordamos em baixar o preço.

Ao dizer isso, acrescentou dez varetas às quinze que já havia e devolveu o feixe a Ukegbu.

E assim o preço da noiva Akueke acabou por ser finalmente acertado em vinte bolsas de cauris. Já vinha caindo a noite, quando as duas famílias chegaram a um acordo.

— Vá dizer à mãe de Akueke que já terminamos — ordenou Obierika ao filho Maduka. Quase imediatamente depois, entrou a mulher com uma grande terrina de *foo-foo*. A segunda esposa de Obierika veio a seguir, com uma panela de sopa, e Maduka trouxe um pote de vinho de palma.

Enquanto os homens comiam e bebiam, conversavam sobre os costumes das aldeias vizinhas.

— Justamente hoje de manhã — disse Obierika — Okonkwo e eu estivemos falando de Abame e Aninta, onde mesmo os homens com um título sobem nas árvores e amassam o *foo-foo* para as mulheres.

— É verdade. Os costumes deles andam muito confusos. Por exemplo, eles não decidem o preço das noivas com varetas, como nós. Pechincham e negociam como se estivessem comprando uma cabra ou uma vaca no mercado.

— Isso é muito malfeito — concordou o irmão mais velho de Obierika. — Mas acontece que uma coisa pode ser boa num lugar e ruim em outro. Em Umunso, não barganham de jeito nenhum, nem mesmo com varetas. O pretendente vai trazendo bolsas de cauris, uma depois da outra, até os parentes da noiva declararem que já basta. Esse é um mau costume, pois sempre provoca brigas.

— O mundo é grande — acrescentou Okonkwo. — Já ouvi contar até mesmo que, em algumas nações, os filhos de um homem pertencem à sua mulher e à família dela.

— Não pode ser — duvidou Machi. — Seria o mesmo que dizer que a mulher deve se deitar em cima do homem quando os dois estiverem fazendo filho.

— Ou, então, como aquela dos homens brancos que, segundo se diz, seriam tão brancos quanto este pedaço de giz — disse Obierika. E mostrou, na mão erguida, um pedaço de giz, o giz que todo homem costuma ter em seu *obi* para que os convidados desenhem com ele linhas no chão antes de comerem nozes de cola. — Dizem ainda — acrescentou — que esses homens brancos não têm os dedos do pé.

— Você já os viu alguma vez? — perguntou Machi.

— E você, já viu? — inquiriu Obierika.

— Um deles sempre passa por aqui — respondeu Machi. — O nome dele é Amadi.

Todos os que conheciam Amadi caíram na risada. Amadi era um leproso, e a expressão polida para lepra era "pele branca".

9.

Pela primeira vez em três noites, Okonkwo conseguiu dormir. Acordou de repente, durante a noite, e tornou a pensar no que havia acontecido nos três dias anteriores, sem se sentir intranquilo. Perguntou a si mesmo qual a razão da inquietude que o havia tomado. Era como alguém que, em plena luz do dia, se espantasse de que o sonho lhe pudesse ter parecido tão terrível na noite anterior. Espreguiçou-se e coçou a coxa, onde um mosquito o picara enquanto dormia. Outro zumbia perto de sua orelha direita. Deu um tapa na orelha, com a esperança de conseguir matá-lo. Por que os mosquitos sempre atacavam as orelhas das pessoas? Quando era pequenino, a mãe lhe contara uma história sobre isso. Uma história tola, como todas as que contam as mulheres. — Certo dia, o Mosquito — contou a mãe — resolveu pedir a Orelha em casamento. Como única resposta, a Orelha rolara no chão, num riso incontrolável. — Quanto tempo mais você pensa que ainda vai ter de vida? — perguntou ao inseto. — Você já é um esqueleto. — O Mosquito foi-se embora, humilhado. E, desde então, sempre que passa perto da Orelha aproveita para dizer-lhe que ainda está vivo.

Okonkwo deitou-se de lado e dormiu novamente. De manhãzinha, acordou com alguém batendo à porta.

— Quem é? — grunhiu ele. Sabia que devia ser Ekwefi. De suas três mulheres, Ekwefi era a única que teria a audácia de vir bater à sua porta.

— Ezinma está morrendo — disse a mulher, e toda a tragédia e tristeza de sua vida estavam condensadas naquelas palavras.

Okonkwo pulou da cama, destrancou a porta e correu para dentro da cabana de Ekwefi.

Enzinma jazia a tremer em cima de uma esteira, perto do calor fortíssimo do fogo que a mãe mantivera aceso a noite inteira.

— É a *iba*, a malária — declarou Okonkwo. Pegou seu facão e saiu para o mato, a fim de apanhar as folhas, ervas e cascas de árvore que serviriam para o preparo da mezinha contra a *iba*.

Ekwefi ajoelhara-se ao lado da criança doente e, de vez em quando, colocava a palma da mão sobre sua testa úmida e escaldante.

Ezinma era sua única filha, o centro de seu mundo. Muitas vezes era Ezinma quem decidia que comida a mãe havia de preparar. Ekwefi costumava dar-lhe até mesmo certas guloseimas, como ovos, que as crianças raramente tinham licença de comer, por se tratar de um alimento que as incitava ao roubo. Certa vez, quando Ezinma comia um ovo, Okonkwo entrara inesperadamente. Ficou chocadíssimo e jurou dar uma surra em Ekwefi se ela ousasse voltar a dar ovos à filha. Mas era impossível recusar qualquer coisa que fosse a Ezinma. Depois da repreensão do pai, ela desenvolveu um apetite ainda mais aguçado por ovos. E, principalmente, sentia enorme prazer em ter de comê-los em segredo. A mãe costumava fazê-la entrar no quarto de dormir e fechar a porta.

Ezinma não chamava a mãe de *Nne*, mamãe, como as outras crianças. Chamava-a pelo nome, Ekwefi, tal como o faziam o pai e os demais adultos. As relações entre as duas não eram apenas as que geralmente existem entre mãe e filha. Havia algo naquele companheirismo que as unia como se tivessem a mesma idade, e esse sentimento era reforçado por pequeninas conspirações, tal como comerem ovos no quarto de dormir.

Ekwefi já sofrera muito na vida. Dez vezes tivera filhos e nove deles tinham morrido na primeira infância, quase todos antes dos três anos. À medida que enterrava um filho atrás do outro, sua dor ia sendo substituída pelo desespero e, mais tarde, por uma terrível resignação. O nascimento de um filho, que para qualquer mulher era a coroação de sua glória, para Ekwefi tornara-se simplesmente motivo de agonia física, destituída por completo de promessa. A cerimônia do nome, passadas sete semanas de mercado, tornara-se um ritual vazio. Seu desespero, cada vez mais profundo, encontrava válvula de escape nos nomes que dava aos filhos. Um deles fora um grito patético: Onwmbiko, isto é, "Morte, eu te imploro!". Mas a morte não prestou ouvidos à súplica e Onwunbiko morreu no décimo quinto mês de vida. A seguinte, uma menina — Ozoemena: "Que jamais isso venha a acontecer de novo" —, morreu no décimo primeiro mês, e mais dois se foram depois dela. Ekwefi, então, tornou-se desafiadora e chamou o próximo filho de Onwuma — "Que a Morte se satisfaça". E a Morte assim o fez.

Após o falecimento do segundo filho de Ekwefi, Okonkwo consultou um curandeiro, que era também um dos adivinhos do Oráculo de Afa. Queria saber a causa do sucedido. O homem disse-lhe que a criança era um *ogbanje*, isto é, uma dessas crianças perversas que, quando morrem, tornam a entrar no ventre materno para nascerem de novo.

— Quando sua mulher engravidar de novo — falou o curandeiro —, não a deixe por um momento dormir na casa que é dela. Faça com que vá passar uns tempos em casa de parentes. Desse modo, ela conseguirá escapar às artes malvadas do *ogbanje*, e esse ciclo maldito de nascimento e morte se romperá.

Ekwefi cumpriu a ordem. Tão logo tornou a engravidar, foi viver com sua velha mãe em outra aldeia. Lá deu à luz o terceiro filho, que foi circuncidado no oitavo dia após o nascimento. A mulher não voltou ao *compound* de Okonkwo senão três dias antes da cerimônia do nome. A criança chamou-se Onwmbiko.

Quando morreu, Onwmbiko não teve enterro apropriado. Okonkwo mandara chamar outro curandeiro, famoso no grupo por seus grandes conhecimentos em matéria de crianças-*ogbanjes*. Seu nome era Okagbue Uyanwa. Okagbue era uma figura impressionante, alto, de barba grande e calvo. A cor de sua pele era clara e os olhos, vermelhos e flamejantes. Tinha o costume de rilhar os dentes enquanto ouvia aqueles que iam consultá-lo. Fez algumas perguntas a Okonkwo sobre a criança morta. Todos os vizinhos e parentes que tinham vindo para acompanhar o enterro estavam reunidos ao redor dos dois homens.

— Em que dia de mercado ele nasceu? — indagou o curandeiro.

— *Oye* — replicou Okonkwo.

— Ele morreu esta manhã?

Okonkwo respondeu afirmativamente e só então percebeu que a criança havia morrido no mesmo dia de mercado em que nascera. Os vizinhos e parentes também notaram a coincidência e comentaram entre si que o fato era muito significativo.

— Onde é que o senhor costuma dormir com sua mulher: em seu *obi* ou na casa dela? — perguntou o curandeiro.

— Na casa dela.

— No futuro, chame-a ao seu *obi*.

Em seguida, o curandeiro ordenou que não houvesse nenhuma espécie de cerimônia para o enterro da criança. Tirou de dentro do saco de pele de cabra que pendia de seu ombro esquerdo uma afiada navalha e começou a mutilar a criança. Depois, levou-a para ser enterrada na Floresta Maldita, segurando-a por um dos tornozelos e arrastando-a atrás de si. Após semelhante tratamento, ela pensaria duas vezes antes de voltar de novo à vida, a menos que fosse um daqueles mutantes teimosos, que retornam com as marcas das mutilações — sem um dedo ou talvez com uma linha escura no local retalhado pela navalha do curandeiro.

Na época da morte de Onwmbiko, Ekwefi tornou-se uma mulher muito amarga. A primeira esposa de Okonkwo já tinha, àquela altura, três filhos, todos fortes e saudáveis. E quando ela acabou de ter esses três filhos, um depois do outro, Okonkwo abateu uma cabra em homenagem à mulher, como mandava a tradição. Ekwefi só desejava o bem dessa mulher. Mas, como era natural, tanta amargura lhe causava o próprio *chi*, que foi incapaz de participar da alegria dos demais. E no dia em que a mãe de Nwoye celebrou o nascimento dos três filhos, com festejos e música, Ekwefi foi a única pessoa, no meio daquele grupo alegre, a ter o tempo todo o semblante anuviado. A primeira mulher de Okonkwo levou a mal essa atitude, como costuma acontecer entre as esposas de um mesmo marido. Como poderia ela imaginar que a amargura de Ekwefi não se dirigia para fora, contra os outros, e sim para dentro, a entranhar-se em sua alma? E como poderia saber que Ekwefi não culpava os outros pela boa sorte que tinham, mas que apenas incriminava seu *chi* maligno por negar-lhe a fortuna que aos demais concedia?

Finalmente, nasceu Ezinma, que, embora enfermiça, parecia determinada a viver. A princípio, Ekwefi aceitou-a, como aceitara os outros filhos — com apática resignação. Quando viu, porém, que a menina continuava a viver, após ter feito quatro, cinco e seis anos, o amor retornou ao seu coração e, com ele, também a ansiedade. Resolveu cuidar da filha até vê-la em perfeita saúde, e nessa tarefa pôs todo o seu ser. Era recompensada pelas pequenas temporadas de saúde de que Ezinma gozava, borbulhante de energia qual vinho novo de palma. Nessas ocasiões, Ezinma parecia estar fora de perigo. Mas, repentinamente, adoecia outra vez. Todos sabiam que a menina era um *ogbanje*. Essas súbitas passagens da saúde para a enfermidade eram características dos *ogbanjes*. Vivera, contudo, já tanto tempo que talvez estivesse decidida a ficar. Pois em certas ocasiões os mutantes, cansados de suas perversas idas e vindas ou apiedados de suas mães, ficavam. Ekwefi acreditava intimamente que Ezinma viera para ficar. E acreditava porque só isso dava à sua vida um significado. Essa fé fortificou-se quando, um ou dois anos antes, um curandeiro desenterrou o *iyi-uwa* de Ezinma. Então todos tiveram a certeza de que ela haveria de viver, pois rompera-se sua ligação com o mundo dos *ogbanjes*. Ekwefi tranquilizou-se. Mas tal era sua ansiedade pela filha, que não conseguia libertar-se por completo do medo. E, embora acreditasse que o *iyi-uwa* desenterrado era genuíno, não podia ignorar o fato de que algumas crianças verdadeiramente perversas algumas vezes induziam as pessoas a erro, levando-as a desenterrar um falso *iyi-uwa*.

O de Ezinma, contudo, parecia real. Era um seixo liso, enrolado num trapo sujo. O homem que o desenterrou foi o tal Okagbue, famoso no clã inteiro por sua sabedoria nesses assuntos. Ezinma, a princípio, não tinha querido colaborar com ele. Mas isso era de se esperar. Nenhum *ogbanje* confessa seus segredos assim tão facilmente; e a maioria deles não o faz nunca, porque morre cedo demais, antes que alguém lhes possa perguntar seja o que for.

— Onde você enterrou seu *iyi-uwa*? — Okagbue indagara à menina. Ela tinha então nove anos e acabara de recuperar-se de uma séria enfermidade.

— O que é *iyi-uwa*? — perguntara Ezinma.

— Você sabe muito bem o que é. Você o enterrou no chão, em algum lugar, com a intenção de morrer e poder voltar de novo para atormentar sua mãe.

Ezinma voltou-se para a mãe, cujos olhos, tristes e suplicantes, estavam postos nela.

— Responda à pergunta imediatamente — rugiu Okonkwo, de pé ao lado dela. A família toda se postara ali, e alguns dos vizinhos também.

— Deixem a menina comigo — disse o curandeiro a Okonkwo em tom moderado e confiante. E voltando-se de novo para Ezinma, repetiu: — Onde foi que você enterrou seu *iyi-uwa*?!

— Onde se enterram as crianças — retrucou ela, fazendo com que um murmúrio percorresse os espectadores, até então silenciosos.

— Então venha comigo e mostre-me o lugar — disse o curandeiro.

A multidão começou a caminhar, com Ezinma à frente, seguida de perto por Okagbue. Okonkwo vinha logo atrás e Ekwefi o acompanhava. Ao chegarem à estrada principal, Ezinma virou para a esquerda, como se fosse na direção do rio.

— Mas você não disse que era onde se enterram as crianças? — interpelou-a o curandeiro.

— Não — tornou Ezinma, cuja sensação de importância se manifestava em seu modo animado de andar. Às vezes, principiava a correr e, de repente, voltava a parar. A multidão a acompanhava em silêncio. Mulheres e crianças que regressavam do rio com bilhas d'água na cabeça olhavam, tentando descobrir o que acontecera, até que viam Okagbue e imaginavam logo tratar-se de algo relacionado com *ogbanjes*. Todos conheciam bem Ekwefi e a filha.

Ao chegar perto da grande árvore *udala*, Ezinma virou à esquerda, na direção da mata, seguida pela multidão. Graças à sua pequena estatura, abria caminho através do arvoredo e das trepadeiras com muito maior rapidez do que o resto do grupo. O mato parecia vivo com o caminhar de pés sobre as folhas secas e os gravetos, e com o afastar de ramos das árvores. Ezinma entrava cada vez mais dentro da floresta, com os acompanhantes sempre atrás dela. Então, subitamente, deu meia-volta e começou a andar de novo em direção à estrada. Todos pararam, a fim de deixá-la passar, e depois continuaram andando, em fila, atrás da menina.

— Se você nos fez caminhar toda essa distância à toa, levará uma surra para criar juízo — ameaçou Okonkwo.

— Já falei para deixá-la em paz. Sei como lidar com elas — disse Okagbue.

Ezinma continuou à frente dos outros até a estrada, olhou para a esquerda e para a direita, e virou à direita. E assim chegaram novamente à sua casa.

— Onde você enterrou seu *iyi-uwa*?! — tornou a indagar Okagbue, quando finalmente Ezinma parou diante do *obi* do pai. A voz de Okagbue permanecia inalterada. Sempre tranquila e confiante.

— Perto daquela laranjeira — respondeu Ezinma.

— E por que você não disse isso antes, sua malvada filha de Akalogoli? — explodiu Okonkwo, furioso. O curandeiro ignorou-o.

— Venha mostrar-me o local exato — pediu calmamente à menina.

— Aqui — declarou ela ao chegarem ao pé da árvore.

— Aponte o lugar com o dedo — solicitou Okagbue.

— Aqui — disse ela — tocando o chão com o dedo. Okonkwo, ao lado, parecia um trovão na estação das chuvas.

— Tragam-me uma enxada — ordenou Okagbue. Quando

Ekwefi lhe trouxe a enxada, ele já pusera de lado seu saco de pele de cabra e seu grande pano, e ficara apenas com as roupas de baixo — uma longa e estreita tira de fazenda enrolada em volta da cintura, como uma faixa, e depois passada entre as pernas, para ir prender-se atrás, por baixo da cinta. Começou imediatamente a trabalhar, cavando um buraco no lugar indicado por Ezinma. Os vizinhos sentaram-se em volta, observando o buraco cada mais fundo. Dentro em pouco, a camada de solo escura desapareceu, cedendo lugar a uma terra vermelho-vivo, a mesma que as mulheres costumam usar para esfregar o piso e as paredes das cabanas. Okagbue trabalhava incansavelmente e em silêncio, com o dorso rebrilhando de suor. Okonkwo não se afastava de junto da cova. Pediu a Okagbue que parasse de cavar, para descansar um pouco, e ofereceu-se para substituí-lo. Mas Okagbue respondeu que ainda não estava cansado.

Ekwefi foi para a sua morada cozinhar inhames. O marido tirara do celeiro uma quantidade de inhames maior do que a habitual, pois teriam de alimentar o curandeiro. Ezinma acompanhou-a, para ajudá-la na preparação dos legumes.

— Acho que há folhas demais — disse a menina.

— Você não está vendo que a panela está cheia de inhames? — Ekwefi perguntou. — Você sabe muito bem que, depois de cozidas, as folhas diminuem muito.

— É verdade — concordou Ezinma. — Foi por isso que o calango matou a própria mãe.

— Foi mesmo — concordou Ekwefi.

— Ele entregou à mãe sete cestas de verduras para cozinhar e, no fim, só havia três. Por isso ele a matou.

— Porém esse não é o fim da história — disse a mãe.

— Ah, é verdade! — disse Ezinma. — Agora estou me lembrando. O calango trouxe de novo sete cestas de verduras e resolveu cozinhá-las ele próprio. E novamente restaram apenas três. Ele, então, suicidou-se.

Lá fora, junto ao *obi*, Okagbue e Okonkwo continuavam a cavar o buraco, em busca do *iyi-uwa* enterrado por Ezinma. E os vizinhos continuavam sentados em volta, olhando. A cova estava tão funda que já não se podia ver o cavador. Viam apenas a terra vermelha que ele jogava para fora e que ali ia se amontoando, cada vez mais alta. Nwoye, o filho de Okonkwo, parara bem à beira do buraco porque queria ver tudo o que se passava lá dentro.

Agora, era Okagbue quem cavava, depois de Okonkwo tê-lo feito. Trabalhava, como sempre, em silêncio. Os vizinhos e as mulheres de Okonkwo tinham começado a conversar. As crianças haviam perdido o interesse inicial e brincavam.

Subitamente, Okagbue saltou para fora com a agilidade de um leopardo.

— Está muito perto agora. Já toquei nele.

Houve uma imediata excitação geral, e aqueles que estavam sentados levantaram-se de um salto.

— Vá chamar sua mulher e sua filha — disse o curandeiro a Okonkwo. Entretanto, Ekwefi e Ezinma tinham ouvido o barulho e saído, para verem de perto do que se tratava.

Okagbue voltou para dentro do buraco, que estava rodeado de espectadores. Depois de mais algumas pazadas de terra, encontrou o *iyi-uwa*. Suspendeu-o cuidadosamente com a enxada, jogando-o no chão. Algumas mulheres correram de medo quando o objeto foi atirado. Porém logo voltaram e todas olhavam fixamente para o trapo, de uma distância razoável. Okagbue emergiu da cova e, sem dizer uma palavra ou sequer olhar para os espectadores, caminhou até o local onde deixara sua bolsa de pele de cabra, retirou de dentro dela duas folhas e começou a mastigá-las.* Quando acabou de engoli-las, pegou no trapo com

---

* De acordo com a lógica africana, o ato de desenterrar o *iyi-uwa* diminuiria a força vital, daí comer-se folhas que detêm essa força. (N. T.)

a mão esquerda e pôs-se a desamarrá-lo. E foi então que o liso e brilhante seixo caiu ao chão. Ele o apanhou.

— Isto é seu? — perguntou a Ezinma.

— É — respondeu ela. E todas as mulheres gritaram de júbilo, pois finalmente os problemas de Ekwefi haviam terminado.

Tudo isso acontecera há mais de um ano e, durante todo esse tempo, Ezinma não tornara a adoecer. E então, repentinamente, começara a tremer durante a noite. Ekwefi trouxe-a para perto do fogão, estendeu sua esteira no solo e acendeu o fogo. Mas a menina piorava cada vez mais. Ajoelhada ao lado da filha, apalpando-lhe a fronte úmida e escaldante, ela rezara milhares de vezes. E embora as outras mulheres de Okonkwo dissessem que aquilo não era senão a *iba*, não lhes deu ouvidos.

Okonkwo voltou do mato carregando no ombro esquerdo um grande feixe de ervas e folhas, raízes e cascas de árvores medicinais. Entrou na cabana de Ekwefi, colocou no chão sua carga e sentou-se.

— Arranje-me uma panela — disse ele — e deixe a criança sossegada.

Ekwefi foi buscar a panela e Okonkwo escolheu as coisas melhores que havia no feixe, nas proporções certas, e cortou-as. Depois, colocou-as na panela e Ekwefi ajuntou um pouco d'água.

— Basta? — perguntou ela, quando havia derramado mais ou menos a metade da água que havia no recipiente.

— Mais um pouco... Eu disse um pouco, você é surda? — rugiu Okonkwo.

Ela colocou a panela no fogo e Okonkwo pegou o facão, preparando-se para voltar a seu *obi*.

— Você precisa tomar muito cuidado com a panela — recomendou, antes de sair —, e não deixe que ela transborde ao ferver. Se isso acontecer, todo o poder da mistura desaparecerá.
Saiu em direção à sua cabana, e Ekwefi começou a cuidar da panela da mezinha, quase como se esta fosse uma criança doente. Seus olhos fixavam sucessivamente Ezinma e a panela, indo de uma para a outra, sem parar um só instante.

Okonkwo regressou, quando imaginou que o remédio já cozinhara o suficiente. Examinou-o e declarou que estava pronto.

— Traga um banco para Ezinma — ordenou — e uma esteira grossa.

Retirou a panela do fogo, colocando-a em frente ao banco. Depois, fez com que a filha se sentasse nele, de pernas abertas por cima da panela fumegante, e a cobriu completamente com a esteira. Ezinma debateu-se, tentando escapar do vapor forte e sufocante, mas seguraram-na naquela posição. Começou a chorar.

Quando, por fim, a esteira foi removida, a menina estava alagada de suor. Ekwefi enxugou-a com um pedaço de pano e deitou-a numa esteira seca. Ezinma, logo em seguida, adormeceu.

10.

Uma grande massa de gente foi se reunindo no *ilo* da aldeia assim que a força do sol começou a diminuir e seu calor já não maltratava tanto o corpo. A maioria das cerimônias da comunidade realizava-se àquela hora do dia; e mesmo quando se avisava que um ato público qualquer teria início "após a refeição do meio-dia", isso era entendido por todo mundo como se dando muito mais tarde, quando o calor do sol começasse a se abrandar.

Era evidente, pelas pessoas que iam se espalhando ao redor da praça, algumas de pé e outras sentadas, tratar-se de uma cerimônia para homens. Havia muitas mulheres também, mas elas ficavam de longe, olhando o movimento, meras espectadoras. Os detentores de títulos e os anciãos sentaram-se em seus bancos, à espera do começo dos julgamentos. Na frente deles, havia uma fileira de bancos vazios. Eram nove. Dois pequenos grupos de pessoas estavam de pé, voltados para os anciãos, um pouco adiante dos bancos, guardando uma respeitável distância deles. Um desses grupos era composto de três homens; o outro, de três homens e uma mulher. A mulher era Mgbafo e os três homens que a acompanhavam, seus irmãos. O outro grupo era formado pelo marido de Mgbafo, Uzowulu, e por seus parentes. Mgbafo e seus irmãos estavam imóveis como estátuas em cujos rostos um artista tivesse esculpido o desafio. Uzowulu e seus parentes, ao contrário, cochichavam entre si. Mas apenas pareciam cochichar, porque na verdade falavam aos berros. Todo mundo falava. Parecia um mercado. A uma grande distância, levado pelo vento, o barulho semelhava o rimbombar do trovão.

De repente, ouviu-se o soar de um agogô, e suas batidas ergueram uma onda de expectativa na multidão. Todos olharam na direção da casa dos *egwugwus*. *Guim, gom, guim, gom* — soava o agogô, e o forte sopro de uma flauta fez-se ouvir, como um toque agudo de clarim. Depois, escutaram-se as vozes dos *egwugwus*, guturais e atemorizantes. Impressionadas, as mulheres e as crianças recuaram em desordem. Mas apenas por um momento. Pois o lugar onde se encontravam já era suficientemente afastado, e havia espaço bastante para que fugissem se algum *egwugwu* avançasse naquela direção.

De novo ouviu-se o agogô, e a flauta tornou a soar. A casa dos *egwugwus* transformara-se num pandemônio de vozes garganteadoras: A*ru oyim de de de dei!** E essas vozes enchiam o ar à medida que os espíritos dos ancestrais, recém-saídos da terra, saudavam-se uns aos outros em sua linguagem esotérica. A casa dos *egwugwus*, de onde eles emergiam, ficava de frente para a floresta, longe da multidão, que dela via apenas a parte traseira, sobre a qual havia uma infinidade de motivos decorativos e desenhos coloridos, feitos, a intervalos regulares, por mulheres especialmente escolhidas para isso. Nenhuma dessas mulheres jamais vira o interior da cabana. Nenhuma. Elas limpavam e pintavam as paredes externas sob a supervisão de homens, e, se por acaso

---

* *Aru oyim de de de dei!* — Deixe meu corpo frio jazer num bom lugar! (N. T.)

faziam qualquer suposição sobre o que havia lá dentro, tratavam de guardar para si mesmas essas ideias. Mulher nenhuma fazia perguntas sobre o mais poderoso e mais secreto culto da tribo.

Aru oyim de de de dei! — eram as palavras que flutuavam em torno da cabana escura e fechada, palavras que semelhavam línguas de fogo que contivessem os espíritos ancestrais da tribo. O agogô batia incessantemente e o som da flauta, forte e penetrante, pairava sobre a confusão.

E então apareceram os *egwugwus*. As mulheres e as crianças gritaram de pavor e puseram-se em fuga. Era uma reação instintiva: as mulheres costumavam fugir mal avistavam os *egwugwus*. E quando, como naquele dia, nove dos mais importantes espíritos mascarados saíam ao mesmo tempo, o espetáculo era terrível. Até mesmo Mgbafo tentou fugir, e teve de ser agarrada pelos irmãos.

Cada um dos nove *egwugwus* representava uma das aldeias da tribo. O líder do grupo chamava-se Floresta Maldita. Nuvens de fumaça saíam de sua cabeça.

As nove aldeias de Umuófia tinham nascido dos nove filhos do primeiro chefe da etnia. Floresta Maldita representava a aldeia de Umueru, ou seja, dos filhos de Eru, o mais velho dos nove.

— *Umuófia kwenu!* Povo de Umuófia, estamos de acordo? — gritou o líder dos *egwugwus*, gesticulando violentamente com seus braços de ráfia.

Os anciãos da tribo responderam: — *Yaa!* Sim!

— *Umuófia kwenu?*

— *Yaa!*

— *Umuófia kwenu?*

— *Yaa!*

Então, Floresta Maldita enfiou na terra a ponta de seu cajado cheio de guizos. E o cajado começou a chocalhar e a tremer, como se tivesse uma vida metálica. Floresta Maldita sentou-se no primeiro dos bancos vazios, e os outros oito *egwugwus* também se acomodaram, por ordem de antiguidade.

As esposas de Okonkwo, e possivelmente também outras mulheres, talvez tivessem observado que o segundo *egwugwu* tinha o mesmo andar saltitante de Okonkwo. E talvez tivessem observado, além disso, que Okonkwo não se encontrava entre os detentores de títulos e os anciãos, sentados atrás da fila dos *egwugwus*. Mas, se notaram tudo isso, nada comentaram com ninguém. O *egwugwu* de andar saltitante era um dos antepassados da etnia. Tinha um aspecto horripilante, com seu corpo de ráfia a exalar fumaça e uma gigantesca máscara de madeira toda pintada de branco, à exceção dos buracos redondos e dos dentes, grandes como dedos de homem, tisnados de carvão. A cabeça era encimada por dois enormes chifres.

Depois que todos os *egwugwus* se sentaram e o tilintar das campainhas diminuiu de intensidade, Floresta Maldita dirigiu-se aos dois grupos de pessoas à sua frente.

— Corpo de Uzowulu, eu te saúdo — falou. Os espíritos costumam endereçar-se aos vivos tratando-os por "corpos". Uzowulu inclinou-se e tocou o solo com a mão direita, em sinal de submissão.

— Nosso pai, minha mão tocou a terra — disse ele.

— Corpo de Ozowulu, tu me conheces? — indagou o espírito.

— Como posso vos conhecer, ó pai? Estais além do nosso conhecimento.

Então, Floresta Maldita voltou-se para o outro grupo e, dirigindo-se ao mais velho dos irmãos, falou:

— Corpo de Odukwe, eu te saúdo. — E Odukwe inclinou-se e tocou o solo. E então teve início o julgamento.

Uzowulu adiantou-se e apresentou seu caso:

— Aquela mulher que ali está de pé é a minha esposa, Mgbafo. Casei-me com ela com meu próprio dinheiro e meus inhames. Nada devo aos meus cunhados. Não lhes devo inhames nem carás. Certa manhã, três deles vieram à minha casa, deram-me uma surra e levaram embora minha mulher e meus filhos. Isso aconteceu durante a estação das chuvas. Em vão esperei que minha esposa retornasse ao lar. Finalmente, fui à casa de meus cunhados e lhes disse: "Vocês tomaram sua irmã de volta. Não fui eu quem a mandou embora. Vocês a levaram. A lei do grupo diz que vocês têm de me devolver o equivalente ao preço que paguei por ela". Mas meus cunhados declararam que nada tinham a me dizer. Por isso resolvi submeter o assunto aos pais da tribo. Meu caso terminou. Eu vos saúdo.

— Tuas palavras são boas — afirmou o líder dos *egwugwus*. — Ouçamos o que tem a dizer Odukwe. — As palavras dele também podem ser boas.

Odukwe era baixo e atarracado. Deu um passo à frente, saudou os espíritos e começou:

— Meu cunhado vos contou que fomos à casa dele, que o espancamos e levamos conosco sua mulher e seus filhos. Tudo isso é verdade. Disse-vos ainda que foi à nossa casa, a fim de obter a devolução do preço da noiva e que nós nos recusamos a dar-lhe o que pedia. Isso também é verdade. Meu cunhado é um animal. Minha irmã morou com ele nove anos. Durante todo esse tempo, não se passou um dia sem que ele lhe desse uma surra. Tentamos várias vezes intervir nas brigas do casal e em cada uma dessas ocasiões Uzowulu era culpado...

— É mentira! — bradou Uzowulu.

— Há dois anos — prosseguiu Odukwe —, quando minha irmã estava grávida, ele a espancou tanto, que ela perdeu a criança.

— É mentira. Ela perdeu a criança depois de dormir com o amante.

— Corpo de Uzowulu, eu te saúdo — falou Floresta Maldita, fazendo-o calar-se. — Que espécie de amante é capaz de dormir com uma mulher grávida?

Ouviu-se um forte murmúrio de aprovação na massa de espectadores. Odukwe prosseguiu:

— No ano passado, quando minha irmã se recuperava de uma doença, ele bateu nela de novo e, se os vizinhos não tivessem acudido, ele a teria matado. Nós soubemos do que se passava e fomos buscá-la de vez. A lei de Umuófia diz que, se uma mulher foge da casa do marido, seus parentes têm de devolver o preço pago por ela. Mas, neste caso, ela fugiu para salvar a pele. Seus dois filhos são de Uzowulu. Não discutimos isso, mas achamos que eles são ainda pequeninos demais para sair de junto da mãe. Se, por outro lado, Uzowulu se curasse de seus ataques de loucura e viesse, com bons modos, pedir à mulher que voltasse, ela o faria sob a seguinte condição: se ele voltasse a espancá-la, nós lhe cortaríamos os órgãos genitais.

A multidão explodiu em gargalhadas. Floresta Maldita levantou-se e a ordem prontamente se restabeleceu. Uma nuvem de fumaça saía sem cessar de sua cabeça. Depois, tornou a sentar-se e chamou duas testemunhas. Ambas eram vizinhas de Uzowulu e depuseram que as surras eram verdadeiras. Floresta Maldita ficou de pé, arrancou o cajado do chão e enfiou-o novamente no solo. Deu uma pequena corrida na direção das mulheres: todas fugiram atemorizadas, para logo em seguida regressar aos mesmos lugares de antes. Os nove *egwugwus* saíram, então, rumo à cabana sagrada e nela entraram, a fim de discutir o caso. Permaneceram silenciosos por longo tempo. De súbito, o agogô retiniu e a flauta foi de novo soprada. Os *egwugwus* regressavam de sua morada subterrânea. Cumprimentaram-se entre si e voltaram ao *ilo*.

— *Umuófia kwenu!* — rugiu Floresta Maldita, encarando os anciãos e os homens eminentes da tribo.

— *Yaa!* — trovejou a multidão, e depois o silêncio baixou do céu, engolindo o barulho.

Floresta Maldita começou a falar e, durante o tempo inteiro de sua fala, todos se mantiveram calados. Os outros oito *egwugwus* estavam imóveis como estátuas.

— Ouvimos os dois lados do caso — declarou Floresta Maldita. — Nosso dever não é culpar esse homem ou elogiar aquele outro, mas, sim, solucionar a questão.

Virou-se na direção do grupo de Uzowulu, fez uma pequena pausa e exclamou:

— Corpo de Uzowulu, eu te saúdo.

— Nosso pai, minha mão já tocou o solo — afirmou Uzowulu ao terminar o gesto.

— Corpo de Uzowulu, tu me conheces?

— Como poderia vos conhecer, ó pai? Estais além do nosso conhecimento — respondeu Uzowulu.

— Eu sou Floresta Maldita. Sou capaz de matar um homem no dia em que a vida lhe for mais doce.

— É verdade — disse Uzowulu.

— Vá à casa de teus cunhados, com uma cabaça de vinho, e suplica à tua mulher que volte. Não é um ato de coragem brigar com uma mulher.

Depois voltou-se para Odukwe, de novo fazendo uma breve pausa:

— Corpo de Odukwe, eu te saúdo.

— Minha mão está tocando a terra — replicou Odukwe.

— Sou Floresta Maldita; sou Carne-seca-que-mata-a-fome; sou Fogo-que-queima-sem-gravetos. Se teu cunhado te trouxer vinho, deixa tua irmã ir com ele. Eu te saúdo.

Dizendo isso, arrancou o bastão da terra dura e tornou a fincá-lo no solo.

— *Umuófia kwenu?* — berrou, e o povo respondeu.

— Não sei por que semelhantes ninharias têm de ser trazidas aos *egwugwus* — comentou um dos anciãos com um companheiro.

— Você não sabe que espécie de homem é Uzowulu? Não acataria nenhum outro tipo de decisão — argumentou o outro.

Enquanto conversavam, dois novos grupos de pessoas tinham substituído os anteriores e se iniciava um grande caso de disputa de terras.

11.

A escuridão era impenetrável. A lua surgia cada noite mais tarde e já agora só era vista de madrugada. E quando a lua abandonava a noite, aparecendo no céu ao cantar do galo, tudo era escuro como o carvão.

Ezinma e a mãe estavam sentadas numa esteira estendida no chão, após terem acabado a ceia de pirão de inhame e sopa de folha-amarga. De um lampião a óleo de palma saía uma luz amarelenta. Sem ela, seria impossível comer, pois, na escuridão daquela noite, ninguém conseguiria sequer encontrar a própria boca. Havia um lampião aceso em cada uma das quatro cabanas do *compound* de Okonkwo, e cada uma delas, olhada de dentro das outras, parecia um suave foco de branda luz amarela incrustada na solidez da noite.

Tudo estava silencioso, só se ouvindo o canto agudo dos insetos, que era parte da noite, e o ressoar do pilão de Nwayieke, que amassava o seu *foo-foo*. Nwayieke morava quatro *compounds* adiante e era célebre por sua mania de cozinhar tarde. Todas as mulheres da vizinhança conheciam o som das batidas de pilão de Nwayieke, pois isso também era parte da noite.

Okonkwo havia comido os pratos preparados por suas mulheres e estava agora recostado na parede. Remexeu no seu saco de pele de cabra e dele retirou a garrafa de rapé. Virou-a na palma da mão esquerda, sem que nada saísse lá de dentro. Bateu com a garrafa no joelho, para soltar seu conteúdo. Era sempre o mesmo problema com o rapé de Okeke: umedecia-se com excessiva rapidez e continha salitre demais. Por isso, havia muito tempo, Okonkwo não comprava mais rapé dele. Idigo era quem sabia moer bem o tabaco. Porém ultimamente andava enfermo.

Conversas em voz baixa, interrompidas de vez em quando por uma cantiga, chegavam aos ouvidos de Okonkwo, provenientes das outras cabanas, onde suas mulheres e seus filhos narravam lendas uns aos outros. Ekwefi e Ezinma, sua filha, estavam sentadas numa esteira, no chão. Era a vez de Ekwefi contar uma história.

— Uma vez — começou ela — todos os pássaros foram convidados para uma festa no céu. Estavam felicíssimos, preparando-se para o grande dia. Pintavam o corpo com tintura vermelha de madeira e nele faziam belos desenhos. O Cágado, que assistia a todos esses preparativos, logo descobriu o significado daquilo tudo. Nada do que acontecia no mundo dos animais lhe escapava, pois era muito astuto. Tão logo ouviu dizer que ia haver uma grande festa no céu, sua goela começou a coçar só de pensar no assunto. Naqueles dias estava havendo uma grande escassez de alimentos e fazia duas luas que o Cágado não comia uma boa refeição. Seu corpo chocalhava todo como um pedaço de pau seco dentro de um casco vazio. Então começou a planejar uma maneira de ir ao céu.

— Mas como, se ele não tinha asas? — interrompeu Ezinma.

— Seja paciente — respondeu a mãe. — A história explica isso. O Cágado não tinha asas, é verdade, mas mesmo assim foi falar com os pássaros e pediu-lhes licença para ir com eles à festa.

"Nós conhecemos você bem demais", responderam os pássaros, depois de ouvi-lo falar. "Você é um sujeito ingrato e cheio de astúcias. Se permitirmos que venha conosco, logo, logo fará uma das suas!" O Cágado contestou: "Vocês pensam que me conhecem. Eu estou completamente mudado. Aprendi que aqueles que arranjam encrenca para os outros estão mais é arranjando encrencas para si próprios". O Cágado tinha muita lábia e em pouco tempo todos os pássaros concordaram que ele tinha realmente mudado. Então, cada um lhe deu uma de suas penas e com elas o Cágado fabricou duas asas. Por fim, veio o grande dia e o Cágado foi o primeiro a chegar ao ponto de encontro. Quando todos os pássaros já estavam reunidos, partiram em bando. O Cágado estava muito contente e falante no meio das aves e, passado pouco tempo, elas o escolheram para fazer o discurso durante a festa, porque o consideravam um grande orador. "Há algo muito importante que não podemos esquecer", disse ele enquanto voavam para o céu. "Quando as pessoas são convidadas para uma grande festa como esta, elas costumam adotar nomes novos, em honra da ocasião. Nossos hospedeiros, lá no céu, naturalmente esperam que sigamos essa tradição tão antiga." Nenhum dos pássaros jamais ouvira falar nisso, mas eles sabiam que o Cágado, embora tivesse outros defeitos, era um sujeito viajado, que conhecia os usos e costumes de diversos povos. Então, cada um deles resolveu adotar um nome novo. Quando todos já tinham escolhido um novo nome, o Cágado anunciou o seu. Passaria a se chamar *Todos Vocês*.

E Ekwefi continuou.

— Por fim, o bando chegou ao céu e seus hospedeiros ficaram muito satisfeitos de vê-los. O Cágado, nas suas plumagens multicores, levantou-se e agradeceu o convite. Tão eloquente foi seu discurso, que todos os pássaros se sentiram felizes por tê-lo levado à festa. E abanavam a cabeça, com ar de aprovação, a tudo o que ele dizia. Os hospedeiros pensaram que o Cágado fosse o rei dos pássaros, principalmente porque parecia um tanto quanto diferente de seus companheiros. Depois de terem sido trazidas e comidas as nozes de cola, o povo do céu colocou diante dos convidados os mais deliciosos manjares que o Cágado jamais vira ou sonhara. A sopa foi trazida quente do fogo, no mesmo caldeirão onde fora cozinhada. Estava cheia de carne e peixe. O Cágado farejava ruidosamente. Havia pirão de inhame e também sopa de inhame com peixe fresco, cozida no azeite de dendê. Havia ainda potes de vinho de palma. Quando tudo foi colocado diante dos convidados, um dos habitantes do céu adiantou-se e provou um pouco de cada prato. Depois, pediu aos convidados que começassem a comer. Mas o Cágado, pondo-se de pé num salto, perguntou: "Para quem foi preparado este banquete?". E o hospedeiro respondeu: "Para todos vocês". Voltando-se para os outros pássaros, o Cágado disse: "Não esqueçam que meu nome é Todos Vocês. O costume aqui é servirem o orador do grupo em primeiro lugar e mais tarde, os restantes. Assim que eu terminar de comer, eles servirão vocês". E assim falando, começou a comer, enquanto os pássaros resmungavam entre si raivosamente. O povo do céu pensou que era uso deles deixarem para o rei toda a comida. E o Cágado comeu a melhor parte dos pratos e depois bebeu dois potes de vinho de palma, até ficar tão cheio de comida e de bebida que o corpo mal lhe cabia no casco. Depois, os pássaros juntaram-se ao redor das tigelas para comer as sobras e bicar os ossos que o Cágado havia jogado no chão. Alguns estavam tão furiosos que não conseguiam comer. Preferiram voar de volta à casa, com o estômago vazio. Porém, antes de partir, cada pássaro arrancou do Cágado a pena que havia lhe emprestado. E ele lá ficou, dentro de seu casco duro, cheio de comida e de vinho, mas sem asas para o voo de regresso. Pediu aos pássaros que levassem uma mensagem para a mulher dele, porém todos se recusaram. Finalmente o Papagaio, que ficara mais furioso que os demais, pareceu mudar de ideia de repente e concordou em levar a tal mensagem. "Diga à minha mulher", disse-lhe o Cágado, "que ponha do lado de fora todas as coisas macias que houver na casa, e cubra todo o *compound* com elas, para que eu possa pular do céu sem grande perigo." O Papagaio prometeu transmitir a mensagem e foi-se embora, a voar. Mas, quando chegou à casa do Cágado, disse à mulher que pusesse do lado de fora todas as coisas mais duras que tivesse, em vez das macias. E então a mulher começou a tirar para fora enxadas, facões, lanças, espingardas e até mesmo um canhão que o marido possuía. O Cágado olhou lá de cima do céu e viu a mulher tirando coisas da casa, mas a distância era grande demais para que discernisse os objetos. Quando tudo parecia estar pronto, ele se deixou cair. Foi caindo, caindo, caindo, que pensou que nunca mais ia parar de cair. E então, com o barulho de um tiro de canhão, espatifou-se no meio do *compound*.

— Ele morreu? — indagou Ezinma.

— Não — respondeu Ekwefi. — Mas seu casco ficou todo quebrado. Porém, como havia nas redondezas um grande curandeiro, a mulher do Cágado mandou chamá-lo. O curandeiro juntou todos os pedacinhos do casco do Cágado e os colou de novo. Por isso é que o casco do Cágado é daquele jeito.

— Nesta história não há cantiga — observou Ezinma.

— Não há mesmo — concordou a mãe. — Vou tentar me lembrar de outra que tenha uma canção. Mas agora é você.

— Certa vez — começou Ezinma — o Cágado e o Gato foram lutar contra os inhames. Não eu me enganei, não começa assim. Certa vez houve uma grande falta de comida na terra dos animais. Todo mundo estava magríssimo, menos o Gato, que era gordo e cujo corpo reluzia como se lhe tivessem passado óleo...

Mas, de repente, a menina parou de falar, porque lá fora,

nesse preciso instante, uma voz alta e esganiçada rompeu o silêncio da noite. Era Chielo, a sacerdotisa de Agbala, a profetizar. Não havia novidade nisso, pois de tanto em tanto tempo Chielo era possuída pelo espírito divino e então começava a fazer profecias. Nesta noite, contudo, dirigia suas profecias e saudações a Okonkwo e, por essa razão, todos da família se puseram à escuta. A narração de lendas interrompeu-se.

— *Agbala do-o-o-o! Agbala ekeneo-o-o-o!** — ouvia-se a voz, como uma faca afiada atravessando a noite. — *Okonkwo! Agbala ekene gio-o-o-o! Agbala cholu ifu ada ya Ezinmao-o-o-o!***

Ao ser mencionado o nome de Ezinma, Ekwefi virou a cabeça brusca e agitadamente, como um animal que tivesse farejado no ar o cheiro da morte. As batidas de seu coração eram violentas e dolorosas.

Nesse instante, a sacerdotisa acabara de chegar ao *compound* de Okonkwo e conversava com ele do lado de fora de sua cabana. Repetia incessantemente a mesma coisa: que Ezinma tinha de ir até Agbala. Okonkwo pedia à sacerdotisa que voltasse na manhã seguinte, pois naquele momento Ezinma dormia. Mas Chielo ignorava o que ele lhe dizia e continuava a clamar em altos brados que Agbala exigia a presença da menina. A voz da mulher era tão aguda e metálica que as mulheres e os filhos de Okonkwo podiam, de suas cabanas, ouvir tudo o que ela dizia. Okonkwo argumentava que a menina tinha estado doente nos últimos tempos e que dormia. Rapidamente, Ekwefi levou a filha para o quarto de dormir, deitando-a na alta cama de bambu que ali havia.

---

* "Paz de Agbala! Agbala os saúda a todos!" Os ibos prolongam o "o" final como demonstração de respeito pela pessoa a quem se dirigem. (N. T.)
** "Okonkwo! Agbala te saúda e só a ti! Agbala deseja que leves a ela tua filha Ezinma! (N. T.)

De repente, a sacerdotisa gritou, em tom de advertência:

— Cuidado, Okonkwo! Acautela-te de discutir as ordens de Agbala. Por acaso os homens falam quando os deuses se pronunciam? Cuidado!

E, assim dizendo, passou por dentro da choça de Okonkwo, atravessou o *compound* e foi direto à cabana de Ekwefi. Okonkwo seguiu-lhe os passos.

— Ekwefi! — chamou. — Agbala te saúda! Onde está minha filha Ezinma? Agbala deseja vê-la.

Ekwefi saiu de sua cabana, com uma lâmpada a óleo na mão esquerda. Soprava um vento suave e, por isso, ela usava a mão direita para proteger a chama. A mãe de Nwoye, também carregando um lampião, emergiu de sua palhoça. Seus filhos estavam todos imobilizados no escuro, do lado de fora, observando o estranho acontecimento. A mulher mais moça de Okonkwo também saiu, juntando-se ao grupo.

— Em que lugar Agbala deseja vê-la? — perguntou Ekwefi.

— Onde poderia ser se não em sua morada das colinas e cavernas? — disse a sacerdotisa.

— Eu também vou com vocês — afirmou Ekwefi, decidida.

— *Tufia-a!** — praguejou a sacerdotisa, com uma voz roufenha como o tempestuoso clamor do trovão na estação seca. — Como ousas, mulher, aparecer na presença de Agbala todo-poderoso por tua própria vontade? Cuidado, mulher, ou a força de sua ira te castigará. Vai buscar tua filha!

Ekwefi entrou na cabana e tornou a sair, com Ezinma.

— Vem, filha — disse a sacerdotisa. — Eu te carregarei nas costas. Uma criança, quando carregada nas costas da mãe, não se dá conta de que o caminho é comprido.

Ezinma começou a chorar. Estava acostumada a que Chie-

---

* Cuspo nisto! (N.T.)

lo a chamasse de "minha filha". Mas agora era uma Chielo diferente a que estava vendo à fraca meia-luz amarelenta.

— Não deves chorar, minha filha — declarou a sacerdotisa —, pois, se o fizeres, Agbala se zangará contigo.

— Não chore — reforçou Ekwefi. — Chielo logo, logo trará você de volta. Vou dar-lhe um pouco de peixe para comer na viagem. — E entrou novamente na cabana, para buscar a cesta escurecida de fumaça onde costumava guardar o peixe seco e outros ingredientes para o preparo da sopa. Partiu um pedaço em dois, dando-os a Ezinma, que continuava agarrada a ela.

— Não tenha medo — disse Ekwefi, afagando-lhe a cabeça, raspada só em alguns lugares, com tufos de cabelos noutros, a formarem um desenho simétrico. As duas tornaram a sair da morada. A sacerdotisa apoiou um dos joelhos no chão e Ezinma empoleirou-se em suas costas, com os pedaços de peixe seguros na mão esquerda e os olhos cheios de lágrimas.

— *Agbala do-o-o-o! Agbala ekeneo-o-o-o!* — recomeçou Chielo, entoando a saudação a seu deus. Deu meia-volta bruscamente e atravessou de novo a casa de Okonkwo, inclinando-se o mais possível ao cruzar os beirais. Ezinma chorava alto, chamando pela mãe. As duas vozes desapareceram na densa escuridão.

Uma estranha e súbita sensação de fraqueza desceu sobre Ekwefi, que permanecia parada, o olhar fixo na direção das vozes, como uma galinha cujo único pintainho tivesse sido apanhado e levado para longe por um gavião. Breve, a voz de Ezinma apagou-se e só a de Chielo se ouvia na escuridão, afastando-se cada vez mais.

— Por que você está aí parada, como se a menina tivesse sido sequestrada? — indagou Okonkwo, encaminhando-se para sua casa.

— Chielo logo a trará de volta — acrescentou a mãe de Nwoye.

Mas Ekwefi não ouvia essas palavras de consolo. Continuou ali parada, durante mais alguns instantes, e depois, de repente, tomou uma decisão. Atravessou correndo a casa de Okonkwo e saiu do *compound*.

— Aonde você vai? — perguntou-lhe o marido.

— Vou seguir Chielo — respondeu ela, e sumiu na escuridão. Okonkwo pigarreou e tirou do saco de pele de cabra, que tinha a seu lado, a garrafa de rapé.

A voz da sacerdotisa distanciava-se cada vez mais. Ekwefi correu para o caminho principal e virou à esquerda, seguindo a orientação da voz. Seus olhos de nada lhe serviam na escuridão. Mas ela avançava com facilidade ao longo da trilha arenosa, ladeada de galhos e de folhagem úmida. Começou a correr, segurando os seios com as mãos, a fim de evitar que batessem ruidosamente contra o corpo. Com o pé esquerdo, deu um encontrão numa raiz saliente e foi tomada de terror. Isso era sinal de mau agouro. Correu mais depressa. A voz de Chielo, porém, continuava muito longínqua. Será que ela também estava correndo? Como poderia andar tão depressa, com Ezinma às costas? Embora a noite estivesse fresca, Ekwefi começava a sentir calor por causa da corrida. Esbarrava constantemente na vegetação cerrada que ladeava o caminho. Em certo momento, tropeçou e caiu. Só então percebeu, sobressaltada, que Chielo interrompera a cantilena. O coração começou a bater-lhe descompassadamente e ela parou. Logo depois, a voz de Chielo fez-se ouvir com novo ímpeto e parecia vir de muito perto. Ekwefi, contudo, não conseguia enxergá-la. Fechou os olhos durante alguns instantes, num esforço de concentração, tornando a abri-los em seguida. Porém era inútil. Não conseguia enxergar um palmo adiante do nariz.

Não havia estrelas no céu, porque ameaçava chover. Vaga-
-lumes, de um lado para o outro com suas minúsculas lanterni-
nhas verdes, faziam a escuridão parecer ainda mais profunda. E
no intervalo das invocações que Chielo lançava, a noite parecia
uma coisa viva, por causa da estrídula vibração dos insetos, en-
tretecida no negrume.

— *Agbala do-o-o-o!..*, *Agbala ekeneo-o-o-o!*

Ekwefi perseguia a voz com muito custo, procurando manter-se nem demasiado perto nem demasiado longe. Imaginou
que deveriam estar indo na direção da caverna sagrada. Agora,
que podia caminhar mais lentamente, tinha tempo para raciocinar. O que faria quando chegassem à caverna? Não ousaria
entrar. Ficaria esperando à entrada, completamente só naquele
lugar pavoroso. Pensava em todos os terrores da noite. Recorda-
va-se de certa noite, muito tempo atrás, quando vira *Ogbu-agali-odu*, uma daquelas essências malignas espalhadas pelo mundo
pelos poderosos feitiços que a etnia preparara, no passado distante, contra seus inimigos, mas que hoje havia esquecido como
controlar. Ekwefi regressava do rio com a mãe numa noite escura como a de agora, quando viu uma fosforescência flutuando
na direção das duas. Ela e a mãe jogaram no chão as bilhas de
água que carregavam e se atiraram à beira do caminho, à espera
de que a sinistra luz descesse sobre elas e as matasse. Fora essa
a única vez que Ekwefi vira *Ogbu-agali-odu*. Mas, embora isso
tivesse acontecido havia tanto tempo, ainda sentia seu sangue
gelar nas veias sempre que se lembrava dessa noite.

A voz da sacerdotisa chegava-lhe agora a intervalos mais
longos, porém sua intensidade continuava a mesma. O ar estava
frio e úmido de orvalho. Ezinma deu um espirro. Ekwefi murmurou: — Vida para ti! — A sacerdotisa também disse: — Vida
para ti, minha filha. — O som da voz de Ezinma, vindo do escuro, aquecia o coração da mãe. E esta continuou a andar, lenta e
penosamente.

Então, de súbito, a sacerdotisa gritou:

— Alguém vem andando atrás de mim! Quem quer que sejas, homem ou espírito, que Agbala raspe tua cabeça com uma navalha cega! Que torça teu pescoço até fazer-te enxergar os próprios calcanhares!

Ekwefi estacou, como enterrada no chão. Um lado de sua mente lhe dizia: "Mulher, volta para casa antes que Agbala lhe cause algum mal". Mas isso ela não podia fazer. Ficou ali, parada, até que Chielo se distanciasse um pouco mais, e depois voltou a segui-la. Já havia andado tanto, que começava a sentir uma ligeira dormência nos membros e na cabeça. Então, ocorreu-lhe que talvez não estivessem caminhando na direção da caverna. Deviam tê-la ultrapassado havia muito tempo. Deviam estar a caminho de Umuachi, a mais longínqua aldeia do clã. Agora, a voz de Chielo chegava com longos intervalos de silêncio.

Ekwefi tinha a impressão de que a noite se tornara menos pesada. As nuvens de chuva haviam desaparecido e algumas estrelas despontaram no céu. A lua devia estar se preparando para surgir, terminado o seu mau humor. Quando a lua nascia tarde da noite, era costume dizer que ela estava recusando alimento, como um marido mal-humorado, que se recusa a comer o que lhe oferece a mulher depois de uma briga entre os dois.

— *Agbala do-o-o-o! Umuachi! Agbala ekene unuo-o-o-o!*

Justamente, o que Ekwefi havia imaginado. A sacerdotisa saudava a aldeia de Umuachi. Era inacreditável a distância que haviam percorrido. Ao saírem da estreita trilha da floresta para a clareira da aldeia, a escuridão ficou mais suave e tornou-se possível divisar o vulto difuso de algumas árvores. Ekwefi apertou os olhos, esforçando-se para ver a filha e a sacerdotisa, mas, cada vez que julgava ter avistado suas figuras, elas se dissolviam como um pedaço de escuridão que derretesse. Seguiu em frente, o andar entorpecido.

A voz de Chielo elevava-se cada vez mais, tal como acontecera no início da caminhada. Ekwefi teve a sensação de entrar num espaço amplo e aberto, e calculou que deveriam estar no *ilo*, na praça da aldeia, ao mesmo tempo que se dava conta, um pouco assustada, que Chielo já não caminhava para adiante. Voltava, na verdade, sobre seus passos; e Ekwefi, mais que depressa, tratou de afastar-se da trilha que a mulher ia percorrer. Chielo passou bem perto dela. E começaram a refazer o mesmo caminho por onde tinham vindo.

Foi uma viagem longa e cansativa. Ekwefi sentiu-se como uma sonâmbula quase o tempo todo. A lua estava por surgir e, embora ainda não tivesse aparecido no céu, sua luminosidade já dissolvia a escuridão. Ekwefi já conseguia discernir a figura da sacerdotisa com sua carga. Diminuiu o passo, a fim de deixar que aumentasse a distância que as separava. Temia que Chielo se voltasse para trás subitamente e a visse.

Rezara para que a lua despontasse. Mas, agora, sua meia-luz incipiente causava-lhe impressão ainda mais atemorizadora do que a escuridão. O mundo parecia povoado de vagas e fantasmagóricas figuras, que se diluíam quando ela as fixava, para depois reaparecerem com novas formas.

Em certo momento, Ekwefi se sentiu tão amedrontada e tão necessitada de companhia e de simpatia humana, que esteve a ponto de chamar Chielo: tinha acabado de enxergar a figura de um homem trepando numa palmeira, com a cabeça para baixo e as pernas para cima. Mas, nesse preciso instante, a voz de Chielo fez-se ouvir novamente, com sua mágica cantilena, e Ekwefi recuou ao sentir que na mulher, naquele instante, pouco havia de humano. Não era a mesma Chielo que costumava sentar-se no mercado a seu lado, e que algumas vezes dava bolos de feijão a Ezinma, a quem chamava de filha. Era uma mulher diferente — era a sacerdotisa de Agbala, o Oráculo das Colinas e dos Montes.

Ekwefi continuava andando penosamente, dividida entre dois medos. O ressoar de seus próprios passos entorpecidos parecia vir de uma outra pessoa, a andar atrás dela. Ia com os braços cruzados sobre os seios nus. O orvalho caía intensamente e o ar estava frio. Ela já não conseguia pensar, nem sequer nos terrores da noite. Avançava devagar, semiadormecida, só despertando de todo, quando Chielo cantava.

Por fim, fizeram uma curva e começaram a se dirigir às cavernas. Dali em diante, Chielo cantou sem cessar. Saudava o seu deus com os mais variados nomes — o dono do futuro, o mensageiro da terra, o deus que destruía a vida de um homem quando ela lhe parecia mais doce. Ekwefi estava agora completamente desperta, e seus temores, antes adormecidos, renasceram.

A lua surgira, afinal, e ela conseguia ver claramente Chielo e Ezinma. Era um milagre que uma mulher fosse capaz de carregar uma criança daquele tamanho por tanto tempo e com tanta facilidade. Mas Ekwefi não pensava nisso. Chielo, naquela noite, não era uma mulher.

Agbala do-o-o-o! Agbala ekeneo-o-o-o! Chi negbu madu ubosi ndu ya nato ya uto daluo-o-o!*

Ekwefi conseguia ver o vulto ameaçador das colinas à luz do luar. As colinas formavam uma espécie de anel, com uma abertura em certo ponto, pela qual passava a trilha que levava ao centro do círculo.

Assim que a sacerdotisa entrou nesse anel de colinas, sua voz pareceu não apenas dobrar de intensidade mas ecoar de todos os lados. Na verdade, esse era o santuário de um grande deus. Ekwefi avançava cautelosamente, em silêncio. Começava a duvidar do acerto de sua vinda. Nada iria acontecer a Ezinma,

---

* Chi, deus que matais as pessoas no dia mais feliz de suas vidas, eu vos saúdo! (N. T.)

pensava. E, se algo acontecesse, poderia ela impedi-lo? Não ousaria entrar nas cavernas subterrâneas. Sua vinda, portanto, fora perfeitamente inútil, pensava.

Enquanto esses pensamentos cruzavam sua mente, não se deu conta de quão próximas já se achavam da entrada da caverna. E, quando a sacerdotisa, sempre carregando Ezinma às costas, desapareceu por um buraco cujo tamanho mal parecia ser suficiente para permitir a entrada de uma galinha, Ekwefi correu, como se tencionasse impedi-las de prosseguir. E, enquanto olhava para a escuridão redonda que as tinha tragado, as lágrimas a lhe rolarem dos olhos, jurava intimamente que, se ouvisse um só grito de Ezinma, se arremessaria caverna adentro para defender a filha contra todos os deuses da terra. Morreriam juntas.

Feito esse juramento, sentou-se na saliência de uma rocha e esperou. Seus temores desvaneceram-se. De onde se encontrava, podia ouvir a voz da sacerdotisa, cuja sonoridade metálica havia desaparecido, absorvida pelo imenso vazio da caverna. Deixou cair a cabeça para um lado e esperou.

Não poderia dizer quanto tempo ali ficara, à espera. Seguramente muito tempo se passara. Ela estava de costas para o atalho que levava para fora das colinas. Ouviu um ruído qualquer atrás de si e voltou-se rapidamente. Havia um homem parado ali, segurando um facão. Ekwefi deu um grito e pôs-se de pé num salto.

— Não seja boba. — A voz era de Okonkwo. Ele zombou: — Pensei que você fosse seguir Chielo até lá dentro do santuário.

Ekwefi não respondeu. Lágrimas de gratidão enchiam-lhe os olhos. Compreendeu que a filha estava segura.

— Vá para casa dormir — disse-lhe Okonkwo. — Eu ficarei aqui à espera.

— Prefiro ficar também. É quase madrugada. O primeiro galo já cantou.

E, enquanto estavam ali parados, um ao lado do outro, o pensamento de Okonkwo voltou-se para o tempo em que eram jovens. Ekwefi desposara Anene porque, naquela época, Okonkwo era pobre demais para se casar. Dois anos após o matrimônio com Anene, Ekwefi não podia mais suportá-lo. Fugira, então, para a companhia de Okonkwo. Era de manhã bem cedinho. A lua ainda brilhava no céu. Ekwefi dirigia-se ao rio, para buscar água. A casa de Okonkwo ficava no caminho. Bateu-lhe à porta e ele apareceu. Já naquele tempo era homem de poucas palavras. Limitou-se a carregá-la para a cama e, no escuro, correu-lhe com as mãos a cintura, em busca da ponta solta de sua saia.

12.

Na manhã seguinte, a vizinhança inteira tinha um ar festivo, porque Obierika, o amigo de Okonkwo, celebrava o *uri* da filha. Era o dia em que o pretendente (já tendo pago a maior parte do preço da noiva) iria trazer o vinho de palma, não somente para os pais e parentes imediatos da moça, mas também para seu variado e extenso grupo de familiares, mais ou menos próximos, chamados *umunna*. Todos tinham sido convidados — homens, mulheres e crianças. Na realidade, porém, esta era uma cerimônia feminina, cujas principais personagens eram a noiva e sua mãe.

Tão logo nasceu o dia, a primeira refeição da manhã foi ingerida às pressas, e as mulheres e crianças começaram a se reunir no *compound* de Obierika, a fim de ajudarem a mãe da noiva em sua árdua, embora feliz, tarefa de cozinhar para uma aldeia inteira.

A família de Okonkwo estava em plena agitação, como todas as outras famílias da vizinhança. A mãe de Nwoye e a mulher mais jovem de Okonkwo já estavam prontas para partir rumo ao *compound* de Obierika, com toda a filharada. A mãe de Nwoye levava de presente para a mulher de Obierika uma cesta de carás, um torrão de sal e peixe defumado. A mulher mais jovem de Okonkwo, Ojiugo, também carregava uma cesta cheia de pacovas e carás, mais um pequeno pote de azeite de dendê. Os filhos carregavam bilhas d'água.

Ekwefi estava cansada e sonolenta por causa das exaustivas experiências da noite anterior. Não havia muito tinham voltado. A sacerdotisa, com Ezinma adormecida às costas, saíra do santuário rastejando como uma serpente. Não lançara sequer um único olhar em direção a Okonkwo e Ekwefi, nem demonstrara a mínima surpresa ao encontrá-los à entrada da caverna. Olhando sempre para a frente, ela caminhara de volta à aldeia. Okonkwo e a mulher seguiram-na a uma distância respeitável. Pensaram que a sacerdotisa talvez estivesse se dirigindo à sua própria casa, mas, em vez disso, ela andou na direção do *compound* de Okonkwo, passou de novo através do *obi*, entrou na cabana de Ekwefi e encaminhou-se diretamente para o quarto de dormir. Lá chegando, depositou Ezinma na cama, com todo o cuidado, e foi-se embora, sem dizer uma só palavra a ninguém.

Quando todos já estavam em grande movimentação, Ezinma ainda dormia, e Ekwefi, então, pediu à mãe de Nwoye e a Ojiugo que explicassem à mulher de Obierika por que iria atrasar-se. Sua cesta de carás e peixe já estava preparada, mas ela teria de esperar que Ezinma acordasse.

— Você também precisa dormir — disse a mãe de Nwoye.
— Está com um aspecto muito cansado.

As mulheres ainda conversavam, quando Ezinma saiu da cabana esfregando os olhos e espreguiçando-se toda, com seu arzinho frágil. Viu as outras crianças carregando quartinhas e lembrou-se de que elas estavam trazendo água do rio para a mulher de Obierika. Tornou a entrar na cabana e voltou com seu cântaro na mão.

— Você dormiu o suficiente? — perguntou-lhe a mãe.
— Sim — respondeu a menina. — Vamos embora.
— Não sem que você tenha comido alguma coisa — disse Ekwefi, entrando na cabana a fim de aquecer a sopa de legumes que preparara na noite anterior.
— Nós vamos indo — falou a mãe de Nwoye. — Direi à mulher de Obierika que vocês vão chegar um pouco mais tarde.
— E todos se foram, para ajudar a mulher de Obierika: a mãe de Nwoye com os quatro filhos, e Ojiugo levando os seus dois.
Quando o grupo ia atravessando o *obi* de Okonkwo, ele indagou:
— Quem vai preparar a minha refeição da tarde?
— Eu voltarei para cuidar disso — declarou Ojiugo. Okonkwo também se sentia cansado e sonolento, pois, embora ninguém soubesse, ele tampouco dormira na noite anterior. Tinha ficado muito aflito, mas nada demonstrara. Quando Ekwefi resolvera seguir a sacerdotisa, ele deixara passar um intervalo razoável e que considerava digno de sua masculinidade, e depois, levando seu facão, fora até o santuário, onde imaginava que elas deviam estar. Lá chegando, ocorreu-lhe a ideia de que a sacerdotisa talvez tivesse preferido fazer antes uma ronda pelas aldeias. Okonkwo tornou a ir para casa e esperou. Quando calculou que já havia esperado o bastante, dirigiu-se outra vez ao santuário. Mas os Montes e as Colinas estavam silenciosos como a morte. Somente na quarta viagem encontrara Ekwefi; e, a essa altura, a aflição que sentia já era imensa.

O *compound* de Obierika fervilhava como um formigueiro. Em todos os lugares disponíveis tinham sido montadas trempes para se cozinhar; juntavam-se três blocos de barro seco ao sol e acendia-se o fogo no meio. Panelas subiam e desciam das trempes e o *foo-foo* era amassado em centenas de pilões de madeira. Algumas mulheres cozinhavam inhame e aipim e outras preparavam sopa de legumes. Os rapazes amassavam o *foo-foo* ou rachavam lenha para o fogo. As crianças faziam infindáveis viagens ao córrego.

Três rapazes ajudavam Obierika a matar as duas cabras que iriam servir para o preparo da sopa. Ambas eram muito gordas, porém a mais gorda de todas estava amarrada com uma corda a uma estaca perto do muro do *compound*. Era do tamanho de uma vaca pequena. Obierika tinha mandado um de seus parentes até Umuike comprar essa cabra. Era a que ele iria dar de presente, viva, à família do noivo.

— O mercado de Umuike é um lugar fabuloso — comentou o rapaz que tinha sido enviado por Obierika para comprar a gigantesca cabra. — Há tanta gente lá, que se alguém jogar um grão de areia para cima, o grão não vai achar espaço para cair de volta no chão.

— Isso é resultado de um feitiço magnífico — disse Obierika. — O povo de Umuike desejava que o mercado deles crescesse e engolisse os mercados de toda a vizinhança. Então, fizeram um feitiço poderoso. E todos os dias de mercado, antes do primeiro cantar do galo, esse feitiço está lá, no local do mercado, na forma de uma velha com um leque. Com esse leque mágico ela chama ao mercado todos os clãs vizinhos. Ela abana o leque na frente e atrás, à direita e à esquerda.

— E então todos vão chegando — acrescentou outro homem —, gente honesta e ladrões. Estes são capazes de roubar da cintura da gente o próprio pano, se a gente se descuidar.

— É verdade — disse Obierika. — Tratei de advertir a Nwankwo que aguçasse olhos e ouvidos. Certa vez, um homem foi a esse mercado vender uma cabra. Levava-a por uma corda grossa, que amarrara no pulso. Mas, quando ia andando pelo mercado, começou a ver uma porção de gente apontando para ele, como costumam fazer quando aparece algum louco. Não entendia por quê. Até que, de repente, o homem olhou para trás e viu que o que trazia amarrado na ponta da corda era um pesado pedaço de tronco, e não a cabra.

— O senhor acha que um ladrão é capaz de fazer uma coisa dessas sozinho? — perguntou Nwankwo.

— Acho que não — respondeu Obierika. — Eles usam algum feitiço.

Quando terminaram de degolar as cabras e de recolher o sangue numa cumbuca, ergueram-nas por cima da chama viva para queimar seus pelos; e o cheiro de pelo queimado misturou-se ao odor das comidas. Em seguida, lavaram os animais e os cortaram em pedaços, entregando-os às mulheres que preparavam a sopa.

Todo esse fervilhamento de formigueiro transcorria sem maiores problemas, quando houve uma súbita interrupção. Ouviu-se um grito à distância: *Oji odu achu ijiji-o-o!* (*Aquela que usa a cauda para espantar as moscas!*) Todas as mulheres, sem perda de tempo, abandonaram o que estavam fazendo e correram na direção do grito.

— Não podemos sair correndo todas deste jeito e deixar as comidas queimando no fogo — berrou Chielo, a sacerdotisa. — Três ou quatro de nós devem ficar.

— Tem razão — concordou outra mulher. — Três ou quatro mulheres devem ficar.

Cinco mulheres ficaram para cuidar da comida que estava no fogo, enquanto as demais saíram correndo para ver a vaca que se tinha soltado. Quando a avistaram, levaram-na de volta ao dono, que, no mesmo instante, teve de pagar a pesada multa imposta pelo povo da aldeia a todo aquele cuja vaca andasse solta no meio das plantações dos vizinhos. Após cobrarem a penalidade, as mulheres começaram a controlar as presentes, para verificar se alguma moradora da aldeia tinha deixado de sair de casa ao ser dado o grito de alarme.

— Onde está Mgbogo? — indagou uma delas.

— Está de cama, doente — respondeu a vizinha de Mgbogo. — Está com *iba*.

— A outra única mulher ausente é Udenkwo — disse uma outra —, o filho dela ainda não completou vinte e oito dias.

As mulheres às quais a mãe da noiva não tinha pedido que a ajudassem a cozinhar voltaram para suas casas e as restantes tornaram a se encaminhar, todas juntas, para o *compound* de Obierika.

— De quem era a vaca, afinal? — perguntaram as mulheres que tinham ficado para cuidar da comida.

— Do meu marido — respondeu Ezelagbo. — Um de meus filhos menores deixou aberto o portão do curral.

Logo no começo da tarde, chegaram os dois primeiros potes de vinho mandados pela família da noiva. Eles foram devidamente entregues às mulheres, que beberam um ou dois canecos de cada pote, para que o vinho as ajudasse a cozinhar melhor. Também levaram um pouco para a noiva e para as moças solteiras, que a estavam ajudando a dar os últimos e delicados retoques de navalha no penteado e de tintura vermelha na pele macia.

Quando o calor do sol começou a diminuir, Maduka, o filho de Obierika, pegou uma comprida vassoura e começou a varrer o chão defronte ao *obi* do pai. Como se só estivessem esperando por isso, os parentes e amigos de Obierika foram chegando pouco a pouco, cada homem com seu saco de pele de cabra pendurado ao ombro e uma esteira do mesmo couro debaixo do braço. Alguns vinham acompanhados pelos filhos, que carregavam às costas bancos de madeira. Okonkwo fazia parte do grupo. Sentaram-se em semicírculo e puseram-se a conversar sobre os mais variados assuntos. O pretendente e seus familiares não tardariam a chegar.

Okonkwo tirou do saco a garrafa de rapé e ofereceu-a a Ogbuefi Ezenwa, sentado a seu lado. Ezenwa pegou-a, deu umas pancadinhas no joelho com a garrafa, esfregou a palma da mão esquerda no corpo para secá-la bem, antes de colocar nela uma pitada de rapé. E, enquanto assim procedia com deliberada lentidão, ia dizendo:

— Espero que os parentes do noivo tragam muitos potes de vinho, pois embora venham de uma aldeia de gente de mão fechada, devem estar fartos de saber que Akueke é noiva digna de um rei.

— Eles não ousarão trazer menos de trinta potes — afirmou Okonkwo. — Se o fizerem, eu lhes direi o que penso a respeito.

Naquele momento, Maduka, o filho de Obierika, apareceu, vindo da parte interna do *compound*, com a gigantesca cabra, para mostrá-la aos parentes e amigos do pai. Todos a admiraram muito, comentando que assim é que se deviam fazer as coisas. A cabra tornou a ser levada para o interior do *compound*.

Pouco depois, os parentes do noivo começaram a chegar. Em primeiro lugar, entraram rapazes e meninos, em fila única, cada qual trazendo um pote de vinho. Os parentes de Obierika contavam os potes à medida que os jovens iam entrando. Vinte, vinte e cinco. Houve um longo intervalo e eles se entreolharam, como dizendo: "Eu não falei?". Em seguida, porém, mais potes vieram. Trinta, trinta e cinco, quarenta, quarenta e cinco. E eles inclinavam a cabeça, em sinal de aprovação, como se estivessem a dizer: "Agora sim, estão se comportando feito gente". Ao todo, havia cinquenta potes de vinho. Atrás dos carregadores apareceu Ibe, o pretendente, acompanhado dos anciãos de sua família.

Sentaram-se também em semicírculo, completando a roda, ao se somarem aos seus hospedeiros. No centro do círculo, estavam os potes de vinho. A seguir, a noiva, acompanhada por sua mãe e por meia dúzia de outras mulheres e moças, surgiu do interior do *compound*, e todas voltearam o círculo, apertando a mão de cada um dos que ali estavam. A mãe da noiva vinha na frente, seguida pela noiva e pelas demais acompanhantes. As mulheres casadas usavam seus melhores panos e as moças ostentavam cintos de contas vermelhas e pretas, e também tornozeleiras de latão.

Quando as mulheres se retiraram, Obierika ofereceu nozes de cola à família do noivo e a seus próprios parentes. Seu irmão mais velho rompeu a casca da primeira. — Vida para todos nós — disse ele ao fazê-lo. — E que haja amizade entre nossas duas famílias.

Todos os presentes exclamaram: *Ee-e-e!*

— Hoje vos estamos entregando nossa filha. Ela será uma boa esposa. Ela vos dará nove filhos, como a mãe da nossa cidade.

— *Ee-e-e!*

O homem mais velho do grupo dos visitantes replicou: — Será bom para vós e bom para nós também.

— *Ee-e-e!*

— Esta não é a primeira vez que meu povo aqui vem, para desposar uma de vossas filhas. Minha mãe era daqui.

— *Ee-e-e!*

— E não será a última, porque vós sabeis nos compreender e nós vos compreendemos. Sois uma grande família.

— *Ee-e-e!*

— Homens prósperos e grandes guerreiros. — E olhou na direção de Okonkwo: — Vossa filha nos dará filhos como vós.

— *Ee-e-e!*

As nozes de cola foram comidas e começou-se a beber o vinho de palma. Grupos de quatro ou cinco homens sentavam-se em roda, com um pote de vinho ao meio. Quando a tarde já ia adiantada, a comida foi oferecida aos convidados. Havia imensas cumbucas de *foo-foo* e fumegantes caldeirões de sopa. Havia também panelas de sopa de inhame. Era uma grande festa.

Ao cair da noite, tochas chamejantes foram colocadas em tripés de madeira e os jovens entoaram uma canção. Os mais idosos, sentados, formavam um grande círculo, ao qual os cantores iam dando a volta, fazendo o elogio de cada um deles. Tinham algo de especial a dizer de cada ancião. Estes eram grandes fazendeiros; aqueles, oradores do clã; Okonkwo, o maior lutador e guerreiro que existia. Quando terminaram de percorrer todo o círculo, acomodaram-se no centro e as moças vieram do interior do *compound* para dançar. No início, a noiva não se encontrava entre elas. Mas quando finalmente apareceu, com um galo na mão direita, um ruidoso urra partiu da multidão. Todas as outras dançarinas se afastaram para deixá-la passar. Ela entregou o galo aos músicos e começou a dançar. Suas tornozeleiras de latão tiniam enquanto ela dançava, e seu corpo tingido de vermelho reluzia na suave luminosidade amarela. Os músicos, com seus instrumentos de madeira, barro e metal, executavam uma canção atrás da outra. E todos estavam alegres. Entoaram a canção mais em voga na aldeia:

> *Se eu lhe seguro a mão,*
> *ela diz: "Não me toques!".*
> *Se eu lhe seguro o pé,*
> *ela diz: "Não me toques!".*
> *Mas quando seguro as contas de sua cintura*
> *ela faz de conta que não percebe.*

A noite já ia alta, quando os convidados se levantaram para partir, levando a noiva para a casa da família do noivo, onde ela iria passar sete semanas de mercado. Até o momento de sair, continuaram a entoar canções, parando de vez em quando, no caminho, para fazer curtas visitas de cortesia aos homens mais proeminentes, como Okonkwo, antes de partirem para suas aldeias. Okonkwo presenteou-os com dois galos.

13.

Go-di-di-go-go-di-go. Di-go-go-di-go. Era o batuque do *ekwe* falando à tribo. Uma das coisas que todo homem aprendia era a linguagem desse instrumento de madeira. Buum! Buum! Buum! — estrondava o canhão a intervalos regulares.

Ainda não se ouvira o primeiro cantar do galo e Umuófia continuava envolta em sono e silêncio quando o *ekwe* começou a falar e o canhão despedaçou a calma reinante. Todos se agitaram em suas camas de bambu e se puseram à escuta, ansiosos. Alguém tinha morrido. Os tiros de canhão pareciam romper o céu. O *di-go-go-di-go-di-di-go-go* flutuava no ar da noite, impregnado de mensagens. Um indistinto e longínquo gemido de mulheres assentava-se sobre a terra como um depósito de dor. De vez em quando, um lamento a plenos pulmões sobrepunha-se a esses gemidos sempre que um homem chegava ao local da morte. O recém-chegado emitia seu lamento uma ou duas vezes, numa manifestação viril de dor, e em seguida sentava-se junto aos outros homens, a escutar os intermináveis gemidos das mulheres e a esotérica linguagem do *ekwe*. Vez por outra, o canhão ribombava. As lamentações das mulheres não poderiam ser ouvidas para além daquele vilarejo, mas o *ekwe* ia levando as notícias até as outras nove aldeias, e mais longe ainda. A fala do tambor começava pelo nome da tribo: *Umuófia obodo dike*, "a terra dos bravos". *Umuófia obodo dike!* Repetia-se essa frase muitas e muitas vezes, e a insistência era tanta, que a ansiedade começou a crescer no coração de todos aqueles que, pouco antes, tinham estado ressonando tranquilamente numa cama de bambu. Depois, o batuque ficou ainda mais preciso e mencionou o nome da aldeia: *Iguedo, a da pedra de moagem amarela!* Era a aldeia de Okonkwo. O nome Iguedo foi sendo repetido sem cessar, enquanto nas nove aldeias aumentava em todos a inquieta expectativa. Finalmente, mencionou-se o nome do morto e o povo suspirou: — *E-u-u*, Ezeudu morreu. — Um calafrio baixou pela espinha de Okonkwo, quando se lembrou da última vez em que o velho Ezeudu o visitara.

— Aquele menino o considera como pai — dissera o velho. — Não seja cúmplice de sua morte.

Ezeudu fora um grande homem, por isso a tribo inteira compareceu ao funeral. Os antigos tambores da morte soavam, davam-se tiros de espingarda e canhão, e os homens corriam de um lado para outro, numa espécie de frenesi, decepando todas as árvores e matando todos os animais que encontravam, saltando muros e dançando sobre os tetos. Era o funeral de um guerreiro; e, da manhã à noite, outros guerreiros foram chegando, de acordo com os grupos de idade. Todos eles usavam saiotes de ráfia enfumaçados e seus corpos estavam pintados de giz e de carvão. De vez em quando, um espírito ancestral, ou *egwuwu*, surgia de outro mundo, falando numa voz trêmula e extraterrena, completamente recoberto por uma roupagem de ráfia. Alguns desses espíritos eram muito violentos, e já tinha havido, nas primeiras horas do dia, uma correria doida em busca de abrigo quando um deles aparecera empunhando um afiado facão; e somente graças à ajuda de dois homens que conseguiram sujeitá-lo, amarrando-lhe uma grossa corda em volta da cintura, o *egwuwu* fora impedido de causar sérios danos. Houve momentos em que ele se virara e correra, perseguindo os dois, que trataram de fugir para salvar a pele; mas eles logo voltaram e tornaram a segurar a ponta da corda que o espírito arrastava atrás de si. Este cantava, com uma voz apavorante, dizendo que Ekwensu, ou Espírito Maligno, tinha entrado em seu olho.

O mais temível dos espíritos, contudo, ainda não aparecera. Vinha sempre sozinho e sua forma era a de um caixão de defunto. Um fedor enjoativo o acompanhava, e as moscas o seguiam. Até mesmo os maiores curandeiros escondiam-se de medo quando ele andava por perto. Há muitos anos, outro *egwuwu* se atrevera a desafiá-lo e lhe fizera frente: ficara imobilizado, durante dois dias, no mesmo lugar. Este *egwuwu* tinha apenas uma mão e nela carregava uma cesta* cheia d'água.

Alguns desses *egwuwus* eram de todo inofensivos. Um deles já estava tão velho e doente que vinha caminhando apoiado num cajado. Dirigiu-se, vacilante, ao lugar onde jazia o cadáver, contemplou-o durante alguns instantes e foi-se embora de novo — para o outro mundo.

Na realidade, não existia uma distância muito grande entre a terra dos vivos e o domínio dos ancestrais. Havia sempre idas e vindas entre os dois mundos, especialmente durante os festivais e quando um homem idoso morria, porque os velhos estão

---

* Na Ibolândia, costuma-se recobrir completamente as cabaças com palha tecida à semelhança de cestos, a fim de melhor resguardar a água do calor. (N. T.)

muito próximos dos ancestrais. A vida de um homem, desde o nascimento até a morte, era uma série de ritos de transição que o aproximavam cada vez mais de seus antepassados.

Ezeudu fora o homem mais velho de sua aldeia e, ao falecer, havia apenas três homens mais idosos do que ele em toda a tribo, e mais uns quatro ou cinco de seu grupo etário. Todas as vezes que um desses anciãos aparecia no meio do povo para executar, com gestos trêmulos, os passos da dança fúnebre da tribo, os homens mais jovens abriam-lhe espaço e o tumulto diminuía um pouco.

Era um grande funeral esse, digno de um nobre guerreiro. Ao entardecer, aumentaram a gritaria, os tiros, o batuque dos tambores e o clangor dos facões.

Ezeudu recebera três títulos durante a vida. Isso era um feito raro, pois havia apenas quatro títulos no clã, e somente um ou dois homens, em todas as gerações, tinham conseguido alcançar o quarto, que era o mais elevado. Quando isso acontecia, tornavam-se senhores da terra. Ezeudu, justamente porque recebera títulos, seria enterrado após o anoitecer, à luz de um único tição aceso, que iluminaria a cerimônia sagrada.

Antes, porém, desse tranquilo rito final, o tumulto decuplicou. Os tambores batiam violentamente e os homens pulavam, num verdadeiro frenesi. Tiros explodiam de todos os lados e faíscas voavam dos facões ao se entrechocarem, estrepitosamente, na saudação dos guerreiros. O ar estava cheio de poeira e cheirava a pólvora. Foi nesse momento que o espírito maneta apareceu, carregando a cesta cheia d'água. O povo abriu-lhe espaço e o barulho diminuiu. Até mesmo o cheiro de pólvora foi absorvido pelo fedor pestilento que agora enchia o ar. Ele executou alguns passos da dança fúnebre ao som dos tambores e em seguida foi ver o cadáver.

— Ezeudu! — chamou, com voz gutural. — Se tivesses sido

pobre na tua vida passada, eu te pediria que fosses rico quando de novo voltasses. Mas foste rico. Se tivesses sido um covarde, eu te pediria que retornasses corajoso. Mas foste um destemido guerreiro. Se tivesses morrido jovem, eu te pediria que obtivesses mais vida. Mas viveste muito. Por tudo isso, eu te pedirei que tornes a voltar como antes vieste. Se tua morte foi natural, vai em paz. Mas se foi causada por um homem, não permitas a esse homem um só momento de sossego.

E, assim falando, deu mais alguns passos de dança e foi-se embora.

Os tambores e a dança recomeçaram, atingindo um ritmo febril. A escuridão estava a ponto de chegar e a hora do enterro se aproximava. Tiros explodiram numa última saudação e o canhão tornou a fender o céu. Nesse instante, em meio àquela fúria delirante, ouviu-se um grito de agonia e brados de horror. E então foi como se um feitiço tivesse sido lançado. Tudo se fez silêncio. No centro da multidão, um garoto jazia numa poça de sangue. Era o filho de Ezeudu, de dezesseis anos, que, juntamente com seus irmãos e meios-irmãos, participava, momentos antes, da tradicional dança de adeus em homenagem ao pai morto. A arma de Okonkwo explodira e um pedaço de ferro trespassara o coração do menino.

A confusão que se seguiu não encontrava paralelo na história de Umuófia. Mortes violentas eram frequentes ali, mas nunca acontecera nada semelhante.

Para Okonkwo só havia uma opção: fugir do clã, pois matar um de seus membros era um crime contra a deusa da terra, e aquele que o cometesse via-se obrigado a abandonar a região. O crime podia ser de dois tipos, masculino ou feminino. O que Okonkwo cometera era feminino, porque fora por acaso. Por isso, passados sete anos, ele poderia retornar ao clã.

Naquela mesma noite, começou a reunir seus mais valiosos pertences em trouxas que pudessem ser carregadas na cabeça. Suas mulheres choravam amargamente e os filhos também choravam com elas, sem saberem o porquê. Obierika e mais uma meia dúzia de amigos vieram ajudar e consolar Okonkwo. Cada um deles fez umas nove ou dez viagens, carregando os inhames do amigo até o celeiro de Obierika, onde ficariam armazenados. E assim, antes do cantar do galo, toda a família fugiu para a terra natal de Okonkwo, que era uma aldeia pequenina, chamada Mbanta, pouco além dos limites de Mbaino.

Logo que o dia amanheceu, um grande número de homens da família de Ezeudu, em roupagens de guerra, invadiu tempestuosamente o *compound* de Okonkwo. Atearam fogo às casas, demoliram os muros vermelhos, mataram os animais e destruíram o celeiro. Era a justiça da deusa da terra. Aqueles homens atuavam apenas como mensageiros da deusa. Seus corações não abrigavam nenhum ódio contra Okonkwo, cujo melhor amigo, Obierika, fazia parte do grupo. Estavam simplesmente limpando a terra que Okonkwo poluíra com o sangue de um membro do clã.

Obierika era um homem que costumava refletir sobre as coisas. Após a vontade da deusa da terra ter sido cumprida, sentou-se em seu *obi* e pôs-se a lamentar a desgraça do amigo. Por que alguém deveria passar por tamanho sofrimento por causa de uma ofensa cometida inadvertidamente? Porém, embora pensasse longo tempo sobre isso, não encontrou resposta. Tais pensamentos o levaram a refletir sobre problemas ainda mais complexos. Lembrou-se dos filhos gêmeos que sua mulher tivera e que ele jogara no mato. Que crime eles tinham cometido? A terra decretava que os gêmeos constituíam uma ofensa ao mundo e que precisavam ser destruídos. E se, por acaso, a tribo não punisse rigorosamente qualquer ultraje à poderosa deusa, sua ira cairia sobre toda a região, e não apenas sobre o ofensor, pois, como diziam os anciãos, se um dedo estiver sujo de óleo, manchará os demais.

SEGUNDA PARTE

14.

Em Mbanta, Okonkwo foi bem recebido por seus parentes maternos. O velho que lhe deu as boas-vindas era o irmão mais moço de sua mãe e, agora, o mais idoso membro da família. Chamava-se Uchendu, e fora ele quem recebera o corpo da mãe de Okonkwo, havia trinta anos, quando a trouxeram de Umuófia, a fim de ser enterrada com sua gente. Naquela época, Okonkwo era um menino pequeno, e Uchendu lembrava-se dele gritando o adeus tradicional: — Mãe, mãe, a mãe está indo embora!

Isso acontecera havia muitos anos. Hoje, Okonkwo não estava trazendo a mãe para ser enterrada em sua terra natal, ao pé de sua gente. Vinha com uma família de três mulheres e onze filhos, para refugiar-se no torrão materno. Tão logo Uchendu os viu, todos com um ar muito triste e fatigado, adivinhou o que acontecera e tratou de não fazer perguntas. Foi só no dia seguinte que Okonkwo lhe contou toda a história. O velho ouviu silenciosamente até ao fim e depois disse, com certo alívio na voz: — É um *ochu*, um assassinato, feminino. — E tratou de providenciar os necessários rituais e sacrifícios.

Deram a Okonkwo um terreno, para que construísse seu *compound*, e dois ou três pedaços de terra para cultivar na estação de plantio seguinte. Com o auxílio dos homens da família de sua mãe, ergueu seu *obi* e mais três cabanas para as esposas. Em seguida, instalou seu deus pessoal e os símbolos de seus ancestrais. Cada um dos cinco filhos de Uchendu contribuiu com trezentos inhames para que o primo pudesse ter seu roçado, pois, assim que a primeira chuva caísse, o plantio começaria.

Por fim, a chuva veio. Repentina e violenta. Durante duas ou três luas, o sol ganhara força, a ponto de parecer exalar um hálito de fogo sobre a terra. Havia muito tempo o capim estava com uma cor acastanhada, todo ele crestado, e as terras arenosas pareciam carvões incandescentes sob os pés. As árvores verdes estavam recobertas por uma poeirenta capa marrom. Os pássaros haviam silenciado nas florestas e a terra inteira arquejava sob a vibração viva do calor. E foi então que o trovão estourou. Seu barulho irado, metálico e sedento, em nada se parecia com o surdo ribombar da estação chuvosa. Um vento fortíssimo começou a soprar e encheu o ar de poeira. As palmeiras dobravam-se sob o vento, que empurrava suas folhas para cima como se elas fossem cristas esvoaçantes formando um estranho e fantástico penteado.

Quando por fim a chuva desabou, foi em sólidas e enormes gotas de água congelada, que o povo costumava chamar de "nozes da água do céu". Essas gotas caíam duras, machucando o corpo; mesmo assim, os jovens corriam alegremente de um lado para outro, a pegar o granizo e a pô-lo na boca até se derreter.

A terra não tardou em criar vida, e os pássaros nas florestas adejavam, alvoroçados, a chilrear de alegria. Um tênue odor de vida e de vegetação verdejante difundia-se pelo ar. E quando a chuva começou a cair mais sobriamente, em gotas menores e líquidas, as crianças procuraram abrigar-se, todas elas contentes, refrescadas e cheias de gratidão.

* * *

Okonkwo e sua família trabalharam duramente no plantio das novas terras. Mas, para Okonkwo, era como recomeçar a vida, sem o vigor e o entusiasmo da juventude. Sentia-se como alguém que tivesse de aprender a ser canhoto na velhice. O trabalho já não lhe proporcionava o mesmo prazer; e, quando não havia nenhuma tarefa a executar, ficava horas sentado, quieto e semiadormecido.

Toda sua existência fora dominada por uma grande paixão: tornar-se um dos chefes do clã. Essa fora a mola de sua vida. E quase o conseguira. Depois tudo se rompera. Fora jogado fora do clã da mesma forma que um peixe é atirado sobre a areia seca da praia, a arquejar. Era evidente que seu deus pessoal, ou *chi*, não estava fadado a grandes feitos. E homem algum conseguiria elevar-se acima do destino de seu *chi*. O ditado repetido pelos anciãos — de que, se um homem dizia sim, seu *chi* também o fazia — não era verdadeiro. Pois ali estava alguém que, apesar de afirmar-se com força, tinha um *chi* que dizia não.

O velho Uchendu via com clareza que Okonkwo se entregara ao desespero e que estava imensamente perturbado. Teria de conversar com ele após a cerimônia do *isa-ifi*.

O mais jovem dos cinco filhos de Uchendu, Amikwu, ia desposar uma nova mulher. O preço da noiva já fora pago, e tudo o mais tinha sido providenciado, faltando apenas a cerimônia final. Amikwu e seus familiares tinham levado vinho de palma aos parentes da noiva cerca de duas luas antes da chegada de Okonkwo a Mbanta. Por isso já era tempo da cerimônia final da confissão.

As filhas da família estavam todas presentes, sendo que algumas tinham vindo de muito longe, de suas casas em aldeias distantes. A filha mais velha de Uchendu viera de Obodo, aldeia situada a uma distância de quase meio dia de viagem. As filhas dos irmãos de Uchendu também tinham vindo. Era um encontro completo da *umuada*, idêntico ao que teria havido em caso de morte na família. Somavam ao todo vinte e duas mulheres.

Sentaram-se no chão, formando um grande círculo, em cujo centro a noiva se colocou, com uma galinha na mão direita. Uchendu sentou-se ao lado dela, segurando na mão o cajado dos ancestrais da família. Todos os demais homens mantiveram-se de pé, fora do círculo, olhando. Suas mulheres também estavam presentes. A tarde findava e o sol se punha.

A filha mais velha de Uchendu, Njide, foi encarregada de fazer as perguntas.

— Lembre-se de que se você não responder com a verdade, há de sofrer, ou até mesmo morrer, ao dar a luz — começou ela. — Quantos homens se deitaram com você, desde o dia em que meu irmão pela primeira vez expressou o desejo de desposá-la?

— Nenhum — respondeu a moça com simplicidade.

— Não minta — insistiam as outras mulheres.

— Nenhum? — perguntou Njide.

— Nenhum — confirmou a noiva.

— Jure por este cajado de meus pais — falou Uchendu.

— Eu juro — disse a noiva.

Uchendu então pegou a galinha, cortou-lhe o pescoço com uma faca afiada e deixou que parte do sangue caísse sobre o cajado dos ancestrais.

Em seguida Amikwu levou a jovem noiva para a sua cabana, e ela tornou-se sua mulher. As filhas da família não voltaram imediatamente para suas casas; passaram dois ou três dias com os parentes.

Dois dias depois, Uchendu reuniu seus filhos e filhas com seu sobrinho Okonkwo. Os homens trouxeram suas peles de cabra, sobre as quais se sentaram no chão, enquanto as mulheres se acomodavam numa esteira de sisal estendida sobre uma espécie de banco feito de terra. Uchendu repuxou suavemente a barba grisalha e rangeu os dentes. Depois, começou a falar, de modo tranquilo e firme, escolhendo as palavras com grande cuidado:

— Eu desejo falar principalmente a Okonkwo — principiou ele. — Mas quero que todos vocês prestem muita atenção ao que vou dizer. Sou um homem velho e vocês todos são crianças. Conheço muito mais do mundo do que qualquer um de vocês. Se entre vocês houver alguém que pensa saber mais do que eu, que fale agora.

Fez uma pausa, mas ninguém disse nada.

— Porque Okonkwo hoje se encontra entre nós? Este não é o seu clã. Somos apenas os parentes de sua mãe. Ele não pertence a este lugar. É um exilado, condenado a viver durante sete anos numa terra que não é a sua. Por isso, está vergado pela dor. Porém há uma única pergunta que eu gostaria de lhe fazer. Pode você me dizer, Okonkwo, por que razão um dos nomes mais comuns entre as nossas crianças é o de Nneka, ou "A Mãe é Suprema"? Todos nós sabemos que o homem é o cabeça da família e que suas mulheres lhe devem obediência. Os filhos pertencem ao pai, e não à mãe ou à família dela. O lugar de um homem é na terra natal de seu pai, e não na de sua mãe. E, no entanto, nós usamos o nome de Nneka — "A Mãe é Suprema". Por que razão?

Todos se mantiveram silenciosos.

— Quero que Okonkwo me responda — insistiu Uchendu.

— Eu não sei a resposta — disse Okonkwo.

— Você não sabe responder? Então você reconhece que é uma criança. Tem muitas mulheres e muitos filhos, mais filhos do que eu. Você é um grande homem no seu clã. Mas ainda é uma criança, uma criança para *mim*. Ouça-me, e lhe darei a resposta. Antes, porém, ainda há uma outra pergunta que lhe quero fazer. Por que razão, quando morre uma mulher, ela é levada de volta à casa de seus pais para ser enterrada junto aos próprios parentes? Jamais é enterrada junto aos parentes do marido. Por quê? Sua mãe foi trazida aqui para a nossa casa, eu mesmo recebi seu corpo, a fim de que ela fosse enterrada junto à nossa família. Por quê?

Okonkwo abanou a cabeça, sem saber o que responder.

— Ele também não é capaz de responder a essa pergunta — disse Uchendu — e, no entanto, vive profundamente desgostoso, porque veio morar na terra de sua mãe durante alguns anos. — Deu uma risada sem alegria e, voltando-se para os filhos e filhas, indagou: — E vocês, são capazes de responder à minha pergunta?

Todos abanaram a cabeça, dizendo que não.

— Então, neste caso, escutem bem o que vou lhes dizer — disse o velho, pigarreando antes de começar sua fala. — É verdade que os filhos pertencem ao pai. Mas, quando o pai bate no filho, a criança vai à cabana da mãe em busca de consolo. O lugar de um homem é na terra natal de seu pai quando tudo lhe corre bem e a vida lhe sorri. Mas, quando vêm a tristeza e a amargura, ele encontra refúgio na terra natal de sua mãe. A mãe ali está para protegê-lo. Ela foi enterrada ali. E é esse o motivo que nos leva a dizer que a mãe é suprema. Você acha, portanto, que está certo, Okonkwo, você vir à presença de sua mãe com a cara fechada e se recusar a ser confortado? Tenha cuidado, pois do contrário arrisca-se a desagradar aos mortos. Seu dever é consolar suas esposas e filhos, e levá-los de volta à sua terra natal daqui a sete anos. Mas, se você se deixar vergar ao peso do desgosto e deixar que ele o mate, toda a sua família morrerá sentindo o exílio.

Uchendu fez uma longa pausa e, depois, apontando os próprios filhos e filhas, declarou:

— Agora, são esses os seus parentes. Você acha que é o maior sofredor do mundo. Sabia que muitas vezes há homens que são banidos por toda a vida? E que outros, muitas vezes também, perdem todos os seus inhames e até mesmo todos os filhos? Eu já tive seis mulheres. Hoje não me resta mais nenhuma, a não ser aquela rapariguinha que não sabe sequer distinguir entre o lado direito e o esquerdo. Por acaso você sabe quantos filhos eu já enterrei, filhos que procriei quando ainda era jovem e forte? Vinte e dois. Não me enforquei, e eis-me aqui, ainda vivo. Se você pensa realmente que é o maior sofredor do mundo, pergunte à minha filha, Akueni, quantos gêmeos ela já teve e jogou fora. Você já ouviu a canção que se costuma cantar quando morre uma mulher?

Para quem está tudo bem, para quem está tudo bem?
Não há ninguém para quem tudo esteja bem.

— Não tenho mais nada a lhe dizer.

15.

No segundo ano do exílio de Okonkwo, seu amigo Obierika foi visitá-lo, levando com ele dois rapazes, cada um com um saco pesado à cabeça. Okonkwo ajudou-os a colocar a carga no chão. Percebia-se que os sacos estavam cheios de cauris.

Okonkwo ficou muito feliz de receber a visita do amigo. Suas mulheres, filhos e primos também demonstraram grande alegria, quando ele os mandou chamar, dizendo-lhes de quem se tratava.

— Você deve levá-lo para cumprimentar nosso pai — disse-lhe um dos primos.

— Claro — afirmou Okonkwo. — Iremos imediatamente.

— Mas, antes de ir, sussurrou algumas palavras à sua primeira mulher. Ela fez um gesto de assentimento e, logo em seguida, as crianças se puseram a perseguir um dos galos do terreiro.

Uchendu fora avisado por um de seus netos de que três forasteiros haviam chegado à casa de Okonkwo. Por isso, já estava à espera para recebê-los. Estendeu-lhes as mãos quando entraram em seu *obi* e, após os cumprimentos de praxe, perguntou a Okonkwo quem eram aqueles homens.

— Esse é Obierika, meu grande amigo. Já lhe falei nele.
— É verdade — disse o velho, voltando-se para Obierika. — Meu filho já me falou do senhor, e estou muito satisfeito de que tenha vindo nos visitar. Conheci seu pai, Iweka. Era um grande homem. Tinha muitos amigos aqui e costumava vir vê-los com frequência. Aquela é que era uma época feliz, quando todos tinham amigos em clãs distantes! Sua geração não sabe nada dessas coisas. Fica em casa, com medo do vizinho do lado. Hoje em dia até mesmo a terra natal da mãe é muitas vezes desconhecida.

Olhou para Okonkwo: — Eu já estou velho e gosto de falar. Só mesmo para isso é que sirvo atualmente.

Levantou-se com dificuldade, dirigiu-se a um cômodo interno e de lá voltou com uma noz de cola.

— Quem são os rapazes que o acompanham? — perguntou, sentando-se novamente sobre a pele de cabra. Okonkwo respondeu à pergunta.

— Ah! — disse o velho. — Sejam bem-vindos, meus filhos.
— Apresentou-lhes a noz de cola na mão estendida e, quando todos a tinham visto e agradecido, partiu-a e puseram-se a mascá-la.

— Vá até aquele quarto — pediu Uchendu, apontando com o dedo a Okonkwo. — Lá você encontrará um pote de vinho.

Okonkwo foi buscar o vinho e eles começaram a beber. O vinho tinha só um dia e estava muito forte.

— Pois é — falou Uchendu após um longo silêncio. — Naquele tempo as pessoas viajavam muito mais. Não existe um único clã nesta região que eu não conheça a fundo. Aninta, Umuazu, Ikeocha, Elumelu, Abame, conheço todos.

— O senhor já sabe — perguntou Obierika — que Abame não existe mais?

— Como assim? — perguntaram Uchendu e Okonkwo ao mesmo tempo.

— Abame foi completamente arrasada — respondeu Obierika. — É uma história estranha e terrível. Se eu não tivesse visto com os próprios olhos alguns dos poucos sobreviventes e não tivesse ouvido a história que eles contaram com meus próprios ouvidos, não teria acreditado. Não foi num dia de *eke* que aquela gente apareceu fugida em Umuófia? — perguntou a seus dois companheiros, que assentiram com a cabeça.

— Três luas atrás — continuou Obierika —, num dia de *eke*, um pequeno grupo de fugitivos chegou à nossa aldeia. A maioria deles era gente cujas mães tinham sido enterradas em nossa terra. Mas também havia alguns que foram até lá porque tinham amigos em Umuófia, e uns poucos porque não conseguiram lembrar-se de nenhum outro lugar para onde pudessem escapar. Todos resolveram refugiar-se em Umuófia, levando-nos sua infortunada história.

Bebeu o resto de vinho de palma que havia dentro de seu chifre, e Okonkwo tornou a enchê-lo. Depois, Obierika continuou:

— Durante a última estação de plantio, um homem branco apareceu na terra deles.

— Um albino — sugeriu Okonkwo.

— Não, não era um albino. Era um homem completamente diferente. — Bebericou o vinho. — E chegou montado num cavalo de ferro. Os primeiros que o viram fugiram correndo; mas o tal homem continuou no mesmo lugar, acenando para que voltassem. Finalmente, os mais destemidos resolveram aproximar-se e chegaram até mesmo a tocá-lo. Os anciãos consultaram o Oráculo e este declarou que aquele homem estranho causaria a ruína do clã e espalharia a destruição entre eles. — Obierika bebeu de novo um pouco de vinho. — Por isso eles mataram o homem branco e penduraram seu cavalo de ferro na árvore sagrada, pois parecia pretender fugir a qualquer instante, para ir chamar os amigos do tal homem. Esqueci de mencionar uma outra coisa que o Oráculo falou. Ele disse também que mais homens brancos estavam a caminho. Eram gafanhotos, falou o Oráculo, e aquele primeiro homem era o batedor dos demais, enviado por seus companheiros para explorar o terreno. Por isso resolveram matá-lo.

— O que foi que o homem branco disse antes de o matarem? — perguntou Uchendu.

— Nada — respondeu um dos acompanhantes de Obierika.

— Não. Ele disse alguma coisa, só que ninguém entendeu — contou Obierika. — Dava a impressão de falar pelo nariz.

— Um dos refugiados me contou — disse o outro acompanhante de Obierika — que ele repetia sem parar uma palavra que soava como Mbaino. Talvez estivesse a caminho de Mbaino e tivesse se perdido.

— Seja como for — prosseguiu Obierika —, eles o mataram e penduraram na árvore o cavalo de ferro. Isso foi antes de começar a estação do plantio. Durante muito tempo, nada aconteceu. As chuvas já tinham chegado e os inhames sido semeados. O cavalo de ferro continuava lá, pendurado na paineira sagrada. Certa manhã, três homens brancos, guiados por um grupo de homens comuns, como nós, chegou à tribo. Olharam para o cavalo de ferro e foram embora. A maioria dos homens e das mulheres de Abame estava no campo àquela hora. Apenas um pequeno número de pessoas viu esses tais brancos e seus acompanhantes. Durante muitas semanas de mercado, nada aconteceu. Costumava haver uma grande feira em Abame nos dias de *afo*, quando todo o clã, como vocês sabem, ali se reunia. E foi justamente num desses dias que aconteceu a tragédia. Os três homens brancos e um grande número de outros homens cercaram o mercado. Certamente devem ter empregado um feitiço muito poderoso, que os tornou invisíveis até o mercado ficar cheio de gente. Nesse momento, começaram a atirar. Todos morreram, exceto os velhos e os doentes, que tinham ficado em casa, e mais um punhado de homens e mulheres cujos *chis* estavam bem acordados e os fizeram sair do mercado.

Fez uma pausa.

— A aldeia, agora, está completamente vazia. Até mesmo os peixes sagrados desapareceram de seu misterioso lago, cujas águas ficaram cor de sangue. Um grande malefício caiu sobre aquela terra, tal como anunciara o Oráculo.

Houve um longo silêncio. Podia-se ouvir o ranger dos dentes de Uchendu. De repente, ele explodiu:

— Nunca se deve matar um homem que não fala nada! Aquela gente de Abame era tonta. Que sabiam eles do tal homem?

Rangeu de novo os dentes e contou uma história para ilustrar seu ponto de vista:

— Certa vez, a Mãe-Gavião mandou a filha ir buscar comida. Ela foi e trouxe de volta um patinho. "Você se saiu muito bem", disse a Mãe-Gavião à filha, "mas eu gostaria de saber uma coisa: o que foi que a mãe desse patinho disse, quando você arremeteu sobre o filho dela e o levou para longe?" "Não disse nada", replicou a jovem gavioa. "Simplesmente se afastou dali." "Então, você vai já devolver o patinho", falou a Mãe-Gavião, "pois há algo de agourento detrás do silêncio." A gavioa obedeceu e voltou novamente, dessa vez trazendo um pintinho. "Qual foi a reação da mãe desse pintinho?", perguntou a Velha-Gavião. "Ela gritou e berrou como uma doida, rogando-me pragas", respondeu a gavioa mais moça. "Nesse caso, podemos comer o pintinho", falou a mãe. "Não há nada a temer dos que gritam." Repito, aquela gente de Abame foi imprudente.

— Eles foram mesmo imprudentes — comentou Okonkwo depois de alguns instantes. — Eles tinham sido avisados de que o perigo se avizinhava. Deviam ter se armado de carabinas e facões, mesmo para ir ao mercado.

— Pagaram caro pela tolice cometida — aduziu Obierika.
— Mas tudo isso me deixou receoso. Todos nós temos ouvido histórias sobre homens brancos que fazem espingardas poderosas e bebidas fortes, e que levam escravos para longe, através dos mares; mas nunca nenhum de nós pensou que fossem histórias verdadeiras.

Não há histórias que não sejam verdadeiras — disse Uchendu. — O mundo é infinito, e aquilo que é bom para certas pessoas pode ser abominável para outras. Existem albinos entre nós. Vocês não acham que é possível que tenham aparecido na nossa tribo por engano, extraviados, quando se destinavam a uma terra onde todos são como eles?

Em pouco tempo, a primeira mulher de Okonkwo terminou de cozinhar e colocou diante de seus hóspedes uma farta refeição de inhames amassados e sopa de folha-amarga. O filho de Okonkwo, Nwoye, entrou, com um pote de vinho doce sangrado da palmeira de ráfia.

— Você já está um homem — disse Obierika a Nwoye. — Seu amigo, Anene, pediu-me que o cumprimentasse.

— Ele vai bem? — perguntou Nwoye.

— Todos nós vamos bem — respondeu Obierika.

Ezinma trouxe-lhes um recipiente com água, para que pudessem lavar as mãos. Quando terminaram, começaram a comer e a beber vinho.

— A que horas vocês partiram para cá? — indagou Okonkwo.

— Pretendíamos sair de minha casa antes do cantar do galo — retorquiu Obierika. — Mas Nweke só apareceu quando o dia já tinha clareado completamente. Nunca se deve marcar compromisso de manhã cedinho com um homem que acabou de desposar uma nova mulher.

Todos caíram na risada.

— Então Nweke tomou uma nova esposa? — inquiriu Okonkwo.

— Sim, casou-se com a segunda filha de Okadigbo — respondeu Obierika.

— Isso é ótimo — comentou Okonkwo, dirigindo-se ao rapaz. — Você não tem culpa nenhuma por não ter ouvido o primeiro canto do galo.

Quando todos haviam comido, Obierika apontou na direção dos dois pesados sacos.

— Esse é o dinheiro que obtive pelos seus inhames — disse ele a Okonkwo. — Vendi os maiores assim que você foi embora. Mais tarde, vendi os inhames para plantio e dei os restantes aos meeiros. Pretendo fazer isso todos os anos, até o seu regresso. Mas imaginei que talvez você estivesse precisando do dinheiro e, por isso, resolvi trazê-lo. Quem sabe o que pode acontecer amanhã? Talvez apareçam homens verdes na nossa tribo e nos matem a todos a tiros.

— Que Deus não permita semelhante coisa! — exclamou Okonkwo. — Não sei como lhe agradecer.

— Eu lhe direi como — respondeu Obierika. — Mate um de seus filhos em minha honra.

— Isso não seria suficiente — falou Okonkwo.

— Então, mate-se a si mesmo — contestou Obierika.

— Desculpe-me — disse Okonkwo, sorrindo. — Prometo não mencionar mais a palavra agradecimento.

16.

Quando, passados quase dois anos, Obierika fez nova visita ao amigo exilado, as circunstâncias eram outras, bem menos felizes. Os missionários tinham chegado a Umuófia. Ali construíram uma igreja, lograram algumas conversões e já começavam a enviar catequistas às cidades e aldeias vizinhas. Isso constituía motivo de grande pesar para os líderes do clã, embora muitos deles acreditassem que aquela estranha fé, bem como o deus do homem branco, não durariam. Nenhum dos convertidos era homem cuja palavra fosse levada em consideração nos comícios. Nenhum possuía título. Pertenciam, na maioria, àquela espécie de gente que costumavam chamar de *efulefu*, isto é, pessoas vazias, sem valor. Na linguagem do clã, um *efulefu* era um homem capaz de vender seu facão e usar a bainha para guerrear. Chielo, a sacerdotisa de Agbala, chamara os convertidos de excrementos da tribo, e a nova fé, para ela, era um cachorro raivoso que viera devorar os excrementos.

O motivo da segunda visita de Obierika a Okonkwo fora o súbito aparecimento do filho deste último, Nwoye, entre os missionários de Umuófia.

— O que é que você está fazendo no meio deles? — perguntara Obierika quando, após muitas dificuldades, os missionários lhe deram permissão para falar com o rapaz.
— Eu sou um deles — replicara Nwoye.
— Como vai seu pai? — indagara Obierika, sem que lhe ocorresse coisa melhor a dizer.
— Não sei. Ele não é meu pai — replicara Nwoye com ar infeliz.
Por isso Obierika fora a Mbanta visitar o amigo. Verificou, porém, que Okonkwo não desejava falar sobre o caso de Nwoye. Somente através da mãe do rapaz é que conseguiu saber alguns fragmentos da história.

A chegada dos missionários causara considerável agitação na aldeia de Mbanta. Eram seis ou sete; um deles, um homem branco. Todos os homens e mulheres da aldeia saíram de suas casas e vieram ver o homem branco. Histórias sobre esses estranhos homens vinham sendo contadas, cada vez com maior insistência, desde o dia em que um deles fora morto em Abame e seu cavalo de ferro, pendurado na paineira sagrada. Por isso, todos queriam ver o tal homem branco. Era a época do ano em que todo mundo estava em casa. A colheita havia terminado.
Quando o povo estava todo reunido, o homem branco começou a falar. Comunicava-se com a ajuda de um intérprete, que também era ibo, embora seu dialeto fosse diferente e soasse desagradável aos ouvidos do povo de Mbanta. Muitos começaram a rir, achando engraçado o dialeto e a maneira esquisita com que o intérprete empregava as palavras. Em vez de dizer "eu próprio", por exemplo, ele sempre dizia "meu traseiro". No entanto, tinha uma presença dominante e os homens da tribo o escutaram. Disse-lhes que era um deles, como podiam com-

provar pela cor de sua pele e pelo modo de falar; que os outros quatro homens negros também eram irmãos de todos os que ali estavam, embora um deles não falasse ibo; que o homem branco também era um irmão, porque todos eram filhos de Deus. E, então, começou a lhes falar sobre esse novo Deus, criador do mundo inteiro e de todos os homens e mulheres. Disse-lhes que eles adoravam falsos deuses, deuses de madeira e de pedra, e essas palavras provocaram um forte murmúrio no meio da multidão. Disse-lhes, ainda, que o verdadeiro Deus habitava nas alturas e que, ao morrerem, todos os homens teriam de comparecer perante Ele para serem julgados. Os homens maus e todos os pagãos, que, em sua cegueira, se prostravam perante deuses de madeira e de pedra, seriam jogados numa fogueira que queimava como óleo de palma. Porém os bons, aqueles que adorassem o Deus verdadeiro, viveriam para sempre em Seu reino de felicidade.

— Fomos enviados por este grande Deus para pedir-lhes que abandonem os maus costumes e as falsas divindades, e se voltem para Ele, a fim de que possam salvar-se quando morrerem — falou.

— Seu traseiro compreende a nossa língua — brincou alguém, fazendo a multidão cair na risada.

— O que foi que esse homem disse? — perguntou o homem branco a seu intérprete.

Mas, antes que ele tivesse tempo de responder, outro dos presentes fez uma pergunta: — Onde está o cavalo do homem branco?

Os evangelistas consultaram-se entre si e concluíram que a pergunta provavelmente se referia a uma bicicleta. Comunicaram essa conclusão ao homem branco, que sorriu com ar benevolente.

— Diga-lhes — recomendou ele — que trarei muitos cavalos de ferro quando estivermos instalados aqui na aldeia. Diga-lhes também que alguns poderão até mesmo andar no cavalo de ferro, se quiserem.

O intérprete ia traduzindo tudo, mas ninguém ouviu esta última parte, pois desde o momento em que o homem branco mencionou a intenção de ir morar na aldeia todos começaram a falar entre si, excitados. Não haviam pensado em tal possibilidade.

A essa altura, um velho disse que tinha uma pergunta a fazer:

— Qual é esse deus de vocês? — indagou. — É a deusa da terra? O deus do céu? Amadiora, o do trovão? Qual é, afinal?

O intérprete transmitiu a pergunta ao homem branco, que imediatamente deu sua resposta.

— Todos os deuses que o senhor citou não são deuses de forma alguma. São, isto sim, falsas divindades, que lhes ordenam que matem seus semelhantes e destruam crianças inocentes. Só existe um Deus verdadeiro, e Ele possui a terra, o céu, o senhor, eu e todos nós.

— Se abandonarmos os nossos deuses e resolvermos seguir o seu — indagou outro ouvinte —, quem vai nos proteger contra a ira dos nossos deuses abandonados e dos nossos ancestrais?

— Os deuses de vocês não existem e, portanto, não lhes podem causar nenhum mal — retrucou o homem branco. — São meros pedaços de madeira e de pedra.

Quando essas declarações foram traduzidas para os homens de Mbanta, eles se puseram a rir. Esses sujeitos devem ser doidos, pensaram. Caso contrário, como poderiam acreditar que Ani e Amadiora fossem inofensivos? E que também o fossem Idemili e Ogwugwu? E, assim pensando, alguns homens começaram a ir embora.

Então, os missionários puseram-se a cantar. Era uma dessas músicas alegres e animadas dos evangelistas, que têm o poder de tocar certas cordas mudas e empoeiradas do coração dos ibos. O intérprete explicava cada verso aos ouvintes, alguns dos quais estavam fascinados. A canção contava a história de irmãos que viviam no escuro, amedrontados, ignorantes do amor de Deus. Falava sobre uma ovelha perdida nos montes, longe da casa de Deus e dos afetuosos cuidados do pastor.

Terminada a canção, o intérprete falou sobre o filho de Deus, cujo nome era Jesus Cristo. Okonkwo, que ali permanecera esperando apenas que aqueles homens acabassem sendo expulsos da aldeia ou espancados, disse de repente:

— O senhor nos afirmou, com sua própria boca, que só há um deus. Agora nos fala num filho dele. Então, quer dizer que seu deus também deve ter uma esposa.

A multidão deu entusiásticos sinais de aprovação.

— Eu não disse que Ele tem uma esposa — contrapôs o intérprete em tom pouco convincente.

— Seu traseiro disse que ele tem um filho — falou novamente o tal brincalhão. — Portanto, ele deve ter uma esposa, e todos eles devem ter traseiros.

O missionário o ignorou e continuou sua fala, referindo-se à Santíssima Trindade. Okonkwo estava plenamente convencido de que o homem era doido. Deu de ombros e se afastou dali, para ir sangrar o seu vinho de palma da tarde.

Entretanto, ficara entre os presentes um rapazola que estava empolgado. Seu nome era Nwoye, o primeiro filho de Okonkwo. Não foi a estranha lógica da Trindade que o cativou, pois não tinha entendido nada daquilo. Foi a poesia da nova religião, algo que se sentia na medula. O hino que falava nos irmãos que viviam no escuro, com medo, parecia responder a uma vaga e persistente pergunta que obcecava sem cessar sua jovem alma: a indagação sobre os gêmeos chorando no mato e sobre a morte de Ikemefuna. Sentira-se aliviado por dentro à medida que o hino jorrava sobre sua alma ressequida. As palavras do hino eram como gotas de chuva gelada se derretendo no seco céu da boca da terra, arquejante de calor. A mente do imaturo Nwoye estava confusa demais.

17.

Os missionários dormiram suas primeiras quatro ou cinco noites na praça do mercado. Pela manhã, iam até a aldeia pregar o Evangelho. Perguntaram quem era o rei do vilarejo, e os aldeões responderam que lá não havia rei. — Nós aqui temos os homens de grande título, os sacerdotes-chefes e os anciãos — explicaram eles.

Não foi nada fácil conseguir que os homens de altos títulos e os anciãos se congregassem para ouvir os missionários, após a excitação do primeiro dia. Mas estes insistiram tanto, que finalmente foram recebidos pelos grandes de Mbanta. Pediram-lhes um lote de terra, no qual pudessem construir uma igreja.

Todo clã e toda aldeia tinham a sua "floresta maldita". Nela enterravam-se aqueles que morriam de moléstias verdadeiramente malignas, como a lepra e a varíola. Era também uma espécie de terreno de despejo, onde se jogavam os poderosos amuletos dos grandes curandeiros, quando estes morriam. Uma "floresta maldita" estava, portanto, povoada de forças sinistras e dos poderes da escuridão. E foi justamente uma dessas florestas que os mandatários de Mbanta ofereceram aos missionários. Pois, na realidade, não queriam que permanecessem no clã e, por isso, fizeram uma oferta que ninguém em perfeito estado de sanidade mental aceitaria.

— Querem um pedaço de terra para erigir o santuário deles — disse Uchendu a seus pares, quando se consultavam entre si.
— Nós lhes daremos um pedaço de terra. — Fez uma pausa, e houve um murmúrio de surpresa e desagrado: — Vamos dar-lhes um pedaço da Floresta Maldita. Gabam-se da vitória sobre a morte. Portanto, vamos oferecer-lhes um autêntico campo de batalha, no qual possam demonstrar essa vitória.

Todos riram e concordaram. Em seguida, mandaram chamar os missionários, aos quais haviam pedido que saíssem por alguns instantes, a fim de poderem "segredar juntos". Ofereceram-lhes todo o espaço da Floresta Maldita que quisessem aceitar. E, então, para enorme espanto do grupo, os missionários agradeceram e começaram a cantar.

— Eles não compreendem nada — comentaram alguns anciãos. — Mas hão de compreender amanhã de manhã, quando chegarem ao lote de terra que acabaram de ganhar. — E, com essas palavras, o grupo se dispersou.

Na manhã seguinte, os homens doidos começaram a limpar uma parte da floresta e a construir ali uma casa. Os habitantes de Mbanta esperavam que em quatro dias todos estivessem mortos. O primeiro dia se passou, depois o segundo, e o terceiro, e o quarto, e nenhum deles morreu. Todos estavam intrigadíssimos. Então, espalhou-se a notícia de que o amuleto do homem branco tinha um poder inacreditável. Dizia-se que ele usava vidro nos olhos para poder ver os espíritos malignos e falar com eles. Pouco depois, o homem branco obteve suas três primeiras conversões.

Embora Nwoye tivesse se sentido atraído pela nova crença desde o primeiro dia, guardou segredo disso. Não ousava aproximar-se dos missionários, com medo do pai. Porém, todas as vezes que eles vinham pregar na praça do mercado ou no campo de reuniões da aldeia, Nwoye estava por perto. Já começava a aprender algumas das histórias mais simples que costumavam contar.

— Agora, nós já construímos uma igreja — dizia o sr. Kiaga, o intérprete, que havia tomado a seu cargo a nascente congregação. O homem branco voltara para Umuófia, onde estabelecera seu quartel-general e de onde fazia visitas regulares à congregação de Kiaga, em Mbanta.

— Agora que já temos a nossa igreja — dizia o sr. Kiaga —, queremos que todos vocês venham para cá, de sete em sete dias, adorar o verdadeiro Deus.

No domingo seguinte, Nwoye passou inúmeras vezes diante da pequenina edificação de barro vermelho e sapé, sem ter coragem suficiente para entrar. Ouvia a música dos cânticos, que, embora entoada apenas por um punhado de homens, soava forte e confiante. A igreja dos missionários erguia-se numa clareira circular que parecia a boca aberta da Floresta Maldita. Estaria ela à espera de abocanhar alguém de repente? Depois de haver passado e tornado a passar pela frente da igreja, Nwoye voltou para casa.

Era coisa bem sabida pelo povo de Mbanta que seus deuses e ancestrais podiam algumas vezes se mostrar muito tolerantes e que, deliberadamente, eram capazes de permitir que alguém os desafiasse por um longo tempo. Porém, mesmo em casos semelhantes, não costumavam passar de um limite de sete semanas de mercado, ou seja, vinte e oito dias. Além desse limite, jamais toleravam que homem algum os desafiasse. Por isso, a excitação crescia na aldeia à medida que se aproximava o término da sétima semana, a contar do momento em que os impudentes missionários construíram a igreja na Floresta Maldita. Tão certos estavam os aldeões da iminente desgraça que sofreriam esses homens, que um ou dois dos convertidos consideraram mais prudente suspender sua devoção à nova crença.

Por fim, chegou o dia em que todos os missionários deveriam ter morrido. Mas eles continuavam vivos, e construíam uma nova casa de barro vermelho e sapé, para moradia do catequista, o sr. Kiaga. Naquela semana, mais um punhado de gente se converteu. E, pela primeira vez, havia entre os convertidos uma mulher. Chamava-se Nneka, e era a esposa de Amadi, um próspero agricultor. Estava grávida e já muito pesada.

Nneka engravidara quatro vezes anteriormente, e quatro vezes dera à luz. Em cada uma dessas vezes tivera gêmeos, e as crianças tinham sido jogadas fora logo após o nascimento. Tanto o marido quanto a família dele já começavam a olhar a mulher com desagrado e estranheza, e não ficaram nem um pouco perturbados ao descobrirem que ela havia fugido para juntar-se aos cristãos. Livraram-se de boa.

Certa manhã, Amikwu, primo de Okonkwo, passava perto da igreja, a caminho da aldeia vizinha, quando avistou Nwoye no meio dos cristãos. Ficou espantadíssimo e, ao regressar, foi direto à cabana de Okonkwo relatar-lhe o que vira. As mulheres começaram logo a falar, excitadas, mas Okonkwo permaneceu sentado, imperturbável.

A tarde já se findava, quando Nwoye voltou para casa. Entrou no *obi* do pai para cumprimentá-lo, mas Okonkwo não lhe disse palavra. Nwoye deu meia-volta, fazendo menção de se encaminhar para o interior do *compound*; nisto, o pai, subitamente transtornado de fúria, pôs-se de pé num salto e agarrou-o pelo pescoço.

— Onde é que você estava? — ele gaguejou.

Nwoye lutava para se libertar do aperto que o estava sufocando.

— Responda, antes que eu o mate! — rugiu Okonkwo. Pegou de uma pesada vara que jazia em cima da mureta e com ela aplicou dois ou três violentos golpes no rapaz.

— Responda! — rugiu novamente. Nwoye continuava parado, a fitar o pai, sem dizer palavra. À porta, as mulheres gritavam, com medo de entrar.

— Largue já esse menino! — ouviu-se uma voz dizer do lado de fora do *compound*. Era Uchendu, tio de Okonkwo. — Você ficou maluco?

Okonkwo não respondeu. Mas largou Nwoye, que foi embora, para nunca mais voltar.

Retornou à igreja e disse ao sr. Kiaga que decidira ir para Umuófia, onde o missionário branco instalara uma escola, na qual se ensinava os jovens cristãos a ler e a escrever.

A alegria do sr. Kiaga foi imensa.

— Bendito aquele que abandona o pai e a mãe por amor a Mim — recitou. — Aqueles que ouvem minhas palavras são meu pai e minha mãe.

Nwoye não entendia bem tudo aquilo. Mas sentia-se feliz por deixar o pai. Futuramente, retornaria à companhia da mãe, dos irmãos e das irmãs e os converteria à nova crença.

Naquela noite, sentado em sua cabana, a contemplar a lenha que ardia, Okonkwo pensou longamente no assunto. Uma fúria repentina cresceu de novo dentro dele, que o fez sentir um violento desejo de pegar o facão, ir até a igreja e arrasar todo aquele bando de gente infame e desprezível. Mas, pensando melhor, procurou convencer-se de que Nwoye não merecia que se lutasse por ele. Por que, soluçava em seu coração, justamente eu, Okonkwo, fui amaldiçoado e tenho um filho semelhante?

Via nesse fato, com clareza, o dedo de seu deus pessoal, ou *chi*. Pois, se não fosse isso, de que outra maneira explicar seu grande infortúnio, o exílio e, ainda por cima, o comportamento indigno do filho? Agora que tinha tido tempo para pensar no caso, o crime do filho destacava-se ainda mais em sua rematada enormidade. Ter abandonado os deuses do próprio pai e sair por aí com um bando de sujeitos efeminados, a cacarejarem como galinhas velhas, era atingir as profundezas da abominação. E se quando ele, Okonkwo, morresse, todos os seus filhos machos resolvessem seguir os passos de Nwoye e abandonassem os ancestrais? Okonkwo sentiu um calafrio diante de tão terrível probabilidade, probabilidade que, para ele, significava uma total aniquilação. Via-se a si próprio e a seu pai, juntos, no santuário dos antepassados, a esperarem inutilmente pelo culto ou pelos sacrifícios de seus descendentes, nada restando ali senão as cinzas do passado, enquanto seus filhos rezavam aos deuses do homem branco. Se tal coisa acontecesse, ele, Okonkwo, os faria desaparecer da face terrestre.

Okonkwo fora popularmente apelidado de "Chama Estrondosa". Nesse momento, ao contemplar o fogo produzido pela lenha, lembrou-se dessa alcunha. Ele era um fogo ardente. Como era possível, então, que tivesse gerado um filho como Nwoye, degenerado e efeminado? Talvez Nwoye não fosse seu filho. Isso mesmo! Só podia ser isso. A mulher o havia enganado. Dar-lhe-ia uma lição! No entanto, Nwoye era muito parecido com o avô, Unoka, pai de Okonkwo. Procurou afastar de sua mente esse pensamento. Ele, Okonkwo, era chamado de fogo ardente. Como poderia ter procriado uma mulher, em vez de um filho macho? Na idade de Nwoye, Okonkwo já se tornara famoso em toda Umuófia por sua maneira de lutar e por sua bravura.

Suspirou fundo e, em sinal de solidariedade, a lenha, já

sem chama, também lançou um suspiro. Nesse preciso instante, os olhos de Okonkwo se abriram e ele compreendeu tudo com absoluta clareza. O fogo ardente procria a cinza fria e sem força. Tornou a suspirar profundamente.

18.

A jovem igreja de Nbanta passou por algumas crises no início de sua existência. A princípio, o clã acreditara que ela não fosse sobreviver. No entanto, continuava viva e ia-se tornando cada vez mais forte. O clã estava preocupado, mas não muito. Se um bando de *efulefu* decidira morar na Floresta Maldita, isso era assunto deles. Pensando bem, a Floresta Maldita era o lugar ideal para gente indesejável como aquela. Era verdade que eles andavam salvando os gêmeos atirados no mato; porém nunca os traziam à aldeia. No que concernia a seus habitantes, portanto, os gêmeos continuavam no mesmo local onde haviam sido jogados fora. Certamente a deusa da terra não iria castigar os aldeões inocentes por pecados cometidos pelos missionários.

Porém houve ocasião em que os missionários tentaram ultrapassar os limites. Três convertidos apareceram na aldeia vangloriando-se abertamente, a dizer aos moradores que todos os deuses estavam mortos e impotentes, e que eles, convertidos, estavam dispostos a desafiar as falsas divindades, queimando-lhes os altares.

— Sumam-se daqui, e tratem de ir queimar os órgãos genitais de suas mães! — exclamou um dos sacerdotes. E os homens foram agarrados e espancados, até ficarem banhados em sangue. Depois disso, durante muito tempo, não houve mais nenhum incidente entre a igreja e o clã.

No entanto, gradualmente, ganhavam vulto os comentários de que o homem branco trouxera não apenas uma religião mas também um governo. Dizia-se que os missionários tinham construído um local de julgamento em Umuófia, a fim de proteger os prosélitos de sua religião. Dizia-se até mesmo que tinham enforcado um homem que matara um dos missionários.

Embora semelhantes histórias fossem contadas cada dia com maior frequência, ao povo de Mbanta elas ainda pareciam contos de fadas, não tendo chegado a afetar as relações entre a nova igreja e o clã. Em Mbanta, não havia possibilidade de matarem nenhum missionário, pois o sr. Kiaga, apesar de maluco, era completamente inofensivo. Quanto àqueles que haviam sido convertidos por ele, ninguém poderia matá-los sem que depois fosse obrigado a se exilar, pois, apesar de não valerem grande coisa, ainda assim eram membros do clã. Não se dava, portanto, grande importância às histórias sobre o governo do homem branco ou às consequências de se matarem cristãos, porque, se estes viessem a ocasionar outras perturbações além das que já provocavam, seriam simplesmente expulsos do clã.

Além disso, a pequena congregação estava naquele momento absorvida demais por seus próprios problemas, para causar qualquer aborrecimento ao clã. Tais problemas tiveram início com a admissão de párias em seu seio.

Esses párias, ou *osu*, ao verem que a nova religião recebia gêmeos e outras abominações semelhantes, pensaram que também poderiam ser aceitos por ela. Então, certo domingo, dois deles entraram na igreja. Houve uma súbita agitação; porém, tão bem-feito fora o trabalho da nova religião entre os convertidos que, ao entrarem os párias, os demais não se retiraram imediatamente da igreja. Aqueles que estavam sentados muito perto dos recém-chegados limitaram-se a se mudar de lugar. Foi um milagre. Mas durou apenas até ao término do ato religioso. Então, a igreja inteira elevou um protesto, e já se estava a ponto de expulsar os intrusos, quando o sr. Kiaga interveio e começou a explicar:

— Diante de Deus — disse — não há escravos nem libertos. Somos todos filhos de Deus e devemos receber esses nossos irmãos.

— O senhor não está entendendo — falou um dos convertidos. — Que dirão de nós os pagãos, ao saberem que recebemos um *osu* em nosso meio? Vão rir de nós.

— Deixe que riam — disse o sr. Kiaga. — Deus há de rir-se deles no dia do julgamento. Por que as nações se enfureçam e os povos imaginam coisas vãs? Aquele que se senta no reino dos céus haverá de rir deles. O Senhor escarnecerá deles.

— Mas é que o senhor não entende — insistia o convertido. — O senhor é nosso professor e pode nos ensinar coisas da nova crença. Porém este é um assunto que nós conhecemos bem. — E explicou o que era um *osu*.

Um *osu* era uma pessoa dedicada a um deus, uma coisa posta de lado — um tabu para sempre, assim como todos os filhos que viesse a ter. Jamais poderia se casar com um nascido-livre. Na realidade, era um proscrito que vivia numa área especial da aldeia, próxima ao Grande Santuário. Aonde quer que fosse, levava em si a marca de sua casta marginalizada: cabelos longos, emaranhados e sujos. As navalhas eram-lhe proibidas. Um *osu* não podia assistir a uma assembleia dos nascidos-livres, e estes, por sua vez, jamais poderiam abrigar-se sob o teto de um *osu*. A um *osu* não era permitido receber nenhum dos quatro títulos do clã; e, quando ele morria, era enterrado pelos de sua espécie na Floresta Maldita. Como poderia um homem semelhante tornar-se um dos prosélitos de Cristo?

— Ele precisa de Cristo muito mais do que você ou eu — retrucou o sr. Kiaga.

— Nesse caso, retornarei ao clã — declarou o convertido. E foi-se embora. O sr. Kiaga ficou firme, e foi essa sua firmeza que salvou a jovem igreja. Os convertidos hesitantes receberam inspiração e confiança dessa sua fé inquebrantável. Kiaga ordenou aos párias que raspassem os longos e emaranhados cabelos. A princípio, eles ficaram com medo de morrer se o fizessem.

— A menos que vocês raspem completamente a marca de sua crença pagã, não os admitirei dentro da igreja — declarou o sr. Kiaga. — Vocês têm medo de morrer. Por que tal coisa haveria de acontecer? Em que é que vocês são diferentes dos outros homens que raspam os cabelos? Vocês e eles foram criados pelo mesmo Deus. No entanto, os outros os transformaram em párias, como se fossem leprosos. Isto é contra a vontade de Deus, que prometeu vida eterna a todos que acreditam no Seu santo nome. Os pagãos dizem que vocês morrerão se fizerem isto ou aquilo, e por isso vocês têm medo. Eles também disseram que eu morreria se construísse minha igreja neste lugar. Por acaso estou morto? Disseram que eu morreria se tomasse gêmeos a meu cuidado. E eu continuo vivo. O que os pagãos dizem são falsidades. Só a palavra do nosso Deus é verdadeira.

Os dois párias rasparam o cabelo e, não muito tempo depois, tornaram-se um dos mais fervorosos prosélitos da nova crença. E, mais significativo ainda, quase todos os *osu* de Mbanta seguiram o exemplo dos dois primeiros. Na verdade, foi justamente por causa do excessivo zelo de um deles que a igreja teve um sério conflito com o clã um ano mais tarde, pois esse homem matou a jiboia sagrada, que é a emanação do deus da água.

A jiboia era o animal mais venerado em Mbanta e em todos os clãs da redondeza. Dirigiam-se a ela chamando-a de "Nosso Pai" e permitiam que andasse por onde lhe aprouvesse, até mesmo na cama das pessoas. Comia os ratos da casa e algumas vezes chupava ovos de galinha. Se um membro do clã matasse uma jiboia acidentalmente, era obrigado a fazer sacrifícios expiatórios e a providenciar uma caríssima cerimônia de sepultamento, como só as oferecidas aos grandes homens. Não havia nenhuma espécie de punição prescrita para um homem que matasse a jiboia deliberadamente, pois ninguém jamais pensara que tal coisa pudesse acontecer.

Talvez não tivesse mesmo acontecido. Foi com esse espírito que o clã a princípio considerou a questão. Porque, na realidade, ninguém vira a coisa suceder. A história tinha surgido entre os próprios cristãos.

Mas, fosse como fosse, os grandes e os anciãos de Mbanta reuniram-se em assembleia para decidir o que fazer. Muitos falaram longa e violentamente. O espírito da guerra baixara sobre eles. Okonkwo, que já começara a participar dos negócios da terra de sua mãe, declarou que, enquanto aquele bando abominável não fosse expulso da aldeia a chicotadas, não haveria paz.

Mas muitos outros viam a situação sob um ângulo diferente, e foi a opinião deles que acabou prevalecendo:

— Não é nosso costume lutar por nossos deuses — afirmou um deles. — Não devemos ter a presunção de fazê-lo neste momento. Se um homem matar a jiboia sagrada no segredo de sua cabana, a questão ficará entre ele e o deus. Nós nada vimos. Se nos colocarmos entre o deus e sua vítima, talvez venhamos a receber golpes destinados ao infrator. Quando um homem blasfema, o que fazemos? Tentamos tapar sua boca? Não. Metemos os dedos nos ouvidos para que não possamos escutá-lo. Essa é a atitude sábia.

— Não vamos raciocinar como covardes — disse Okonkwo. — Se um homem entra na minha cabana e defeca no chão, o que é que eu faço? Fecho os olhos? Não! Pego uma vara e racho-lhe a cabeça! Assim é que um homem reage. Essa gente está diariamente derramando imundície em cima de nós, e Okeke ainda diz que devemos fazer de conta que não vemos.

Okonkwo emitiu um som de profunda repugnância. Este era um clã de mulheres, pensou ele. Uma coisa dessas jamais aconteceria em Umuófia, terra de seu pai.

— O que Okonkwo disse é verdade — observou outro homem. — Deveríamos tomar uma atitude. Pelo menos, condenar essa gente ao ostracismo. Quando tivermos feito isso, já não seremos responsáveis pelas abominações que praticarem.

Todos os participantes da assembleia falaram e, no final, ficou decidido que os cristãos seriam condenados ao ostracismo. Okonkwo rangeu os dentes, enojado.

Naquela noite, um pregoeiro andou de uma extremidade a outra de Mbanta, proclamando que os adeptos da nova crença seriam, dali por diante, excluídos da vida e dos privilégios do clã.

O número de cristãos havia crescido, constituindo agora uma pequena comunidade de homens, mulheres e crianças seguros de si e confiantes. O sr. Brown, o missionário branco, visitava-os regularmente. — Quando penso que faz apenas oito meses que a Semente foi lançada entre vocês — declarou —, fico maravilhado com o que o Senhor conseguiu realizar.

Era a quarta-feira da Semana Santa e o sr. Kiaga havia pedido às mulheres que trouxessem barro vermelho, giz branco e água, para limpar bem o chão da igreja para a Páscoa; e, com esse fim, as mulheres tinham se organizado em três grupos. Saíram bem cedinho naquela manhã, algumas com potes, na direção do córrego; outras com enxadas e cestas, a caminho do fosso de barro vermelho da aldeia; e as restantes, rumo à pedreira de giz.

O sr. Kiaga estava na igreja, rezando, quando ouviu a voz excitada das mulheres. Terminou suas preces e foi ver o que estava acontecendo. As mulheres tinham voltado à igreja com os potes d'água vazios. Disseram que uns rapazes as haviam expulsado do córrego, de chicote na mão. Pouco depois, as que tinham ido buscar barro vermelho regressavam, com os cestos vazios. Algumas tinham sido violentamente chicoteadas. As que foram à procura do giz também retornaram contando história semelhante.

— O que significa tudo isto? — perguntou o sr. Kiaga, perplexo.

— A aldeia nos condenou ao ostracismo — respondeu uma das mulheres. — O pregoeiro anunciou, ontem à noite, que isso tinha sido decidido. Mas não é nosso costume impedir o uso do córrego ou da pedreira.

Outra mulher declarou: — Eles querem nos arruinar. Já disseram que não nos permitirão entrar nos mercados.

O sr. Kiaga ia mandar alguém à aldeia para chamar os homens da congregação, quando os viu se aproximando. Evidentemente todos tinham ouvido o pregoeiro, mas jamais na vida tinham ouvido dizer que uma mulher tivesse sido impedida de ir ao córrego.

— Venham conosco — disseram os homens às mulheres.
— Vamos todos juntos enfrentar aqueles covardes. — Alguns empunhavam grandes varas e outros até mesmo facões.

Mas o sr. Kiaga os deteve. Antes de mais nada queria saber por que haviam sido condenados ao ostracismo.

— Eles estão dizendo que Okoli matou a jiboia sagrada — disse um dos homens.

— É mentira — falou outro. — O próprio Okoli me disse que era mentira.

Okoli não estava presente para poder responder. Adoecera na noite anterior. Antes do dia clarear, estava morto. Sua morte demonstrava que os deuses ainda eram capazes de lutar suas próprias batalhas. Dali em diante, o clã não viu mais nenhuma razão para incomodar os cristãos.

19.

Caíam as últimas grandes chuvas do ano. Era a época de amassar o barro vermelho que se usava na construção dos muros. Essa tarefa não podia ser feita antes, porque as chuvas eram fortes demais e arrastariam os montículos de barro amassado; e tampouco poderia ser feita mais tarde, porque logo viria o tempo da colheita e, depois, a estação da seca.

Era a última colheita que Okonkwo tinha de passar em Mbanta. Os sete perdidos e tristes anos de seu exílio chegavam lentamente ao fim. Embora houvesse prosperado na terra natal da mãe, Okonkwo sabia que teria prosperado muito mais em Umuófia, terra de seus antepassados, onde os homens eram ousados e tinham espírito guerreiro. Durante esses sete anos, ele teria certamente alcançado as posições mais altas do clã. Por isso, lamentava cada dia passado no exílio. Os parentes de sua mãe tinham sido muito generosos e Okonkwo lhes era grato. Mas isso não alterava os fatos. À primeira filha nascida no exílio dera o nome de Nneka — "A Mãe é Suprema" — em sinal de gentileza para com a família de sua mãe. Porém, quando dois anos depois lhe nascera um filho, chamou-o Nwofia — "Procriado na Solidão".

Tão logo teve início seu último ano de exílio, Okonkwo mandou dinheiro a Obierika, para que este lhe mandasse construir duas cabanas no mesmo local onde antes fora seu antigo *compound*. Ali, ele e a família morariam, até que pudesse construir outras cabanas e o muro exterior. Não podia pedir que outra pessoa construísse a cabana que seria seu *obi*, nem os muros do *compound*, pois essas são coisas que um homem levanta para si mesmo ou herda do pai.

Quando as derradeiras e pesadas chuvas do ano começaram a cair, Obierika mandou um recado, dizendo que as duas cabanas já estavam prontas. A partir de então, Okonkwo deu início aos preparativos para o regresso, que seria depois das chuvas. Nada lhe agradaria mais do que poder retornar antes disso e construir seu *compound* naquele mesmo ano, antes do término das chuvas, mas, se fizesse isso, deixaria de cumprir parte da penalidade de sete anos completos. Não podia ser. Portanto, teve de esperar impacientemente pela estação seca.

E ela foi chegando aos poucos. A chuva começou a rarear cada vez mais, até cair em ralas pancadas enviesadas. Em algumas ocasiões, o sol aparecia através da chuva e uma ligeira brisa soprava. Era um tipo de chuva agradável e leve como o ar. O arco-íris costumava aparecer e, algumas vezes, havia dois arco-íris, como se fossem mãe e filha, uma jovem e bonita, e a outra, uma sombra velha e esmaecida. O arco-íris era chamado de jiboia do céu.

Okonkwo reuniu suas três mulheres e ordenou-lhes que tomassem providências para uma grande festa. — Preciso agradecer aos parentes de minha mãe antes de partir — explicou.

Ekwefi ainda contava com um resto de mandioca que lhe sobrara da colheita do ano anterior. Nada restara às outras mulheres. Não que tivessem sido preguiçosas, mas elas tinham muitos filhos para alimentar. Assim, ficou decidido que Ekwefi contribuiria com a mandioca para a festa. A mãe de Nwoye e Ojiugo providenciariam outras coisas, por exemplo peixe defumado, óleo de palma e pimenta para a sopa. Okonkwo se encarregaria da carne e dos inhames.

Na manhã seguinte, Ekwefi levantou-se cedo e foi para a sua roça na companhia de Ezinma, sua filha, e de Obiageli, filha de Ojiugo, a fim de colher a mandioca. Cada uma delas levava uma comprida cesta de bambu, um facão para cortar o caule macio da mandioca e uma pequena enxada para desenterrar os tubérculos. Afortunadamente, uma chuva ligeira caíra durante a noite e a terra não deveria estar muito dura.

— Não demoraremos muito a colher a quantidade de que precisamos — comentou Ekwefi.

— Mas as folhas devem estar molhadas — observou Ezinma, que tinha a cesta equilibrada na cabeça e os braços cruzados sobre o peito. Sentia frio. — Não gosto de água fria pingando nas minhas costas. Devíamos ter esperado que o sol nascesse e secasse as folhas.

Obiageli chamou-a de "sal", porque ela disse que não gostava de água. — Você tem medo de dissolver?

A colheita foi fácil, tal como Ekwefi previra. Ezinma bateu violentamente em cada planta com uma vara comprida, antes de se inclinar para cortar o caule e desenterrar o tubérculo. Algumas vezes nem era necessário cavar. Bastava puxar o toco, a terra cedia, com as raízes já arrancadas por baixo, e se retirava o tubérculo.

Quando já haviam colhido uma boa quantidade, carregaram os tubérculos em duas viagens até a beira do córrego, onde cada mulher tinha um poço raso para fermentar a mandioca.

— Deverá ficar no ponto em quatro dias, talvez até mesmo em três — disse Obiageli —, porque os tubérculos são novos.

— Nem todos são tão novos assim — afirmou Ekwefi. — Fiz essa plantação há quase dois anos. A terra é pobre, por isso os tubérculos são tão pequenos.

Okonkwo nunca fazia nada pela metade. Quando Ekwefi protestou, dizendo que duas cabras eram mais do que suficientes para a festa, ele respondeu que aquilo não era da conta dela.

— Se estou organizando esta festa é porque tenho os meios necessários para fazê-lo. Não posso morar às margens de um rio e lavar as mãos com cuspe. A família de minha mãe tem sido muito boa para mim e preciso demonstrar-lhe minha gratidão.

Por isso, três cabras foram abatidas, e também uma boa quantidade de aves. Era uma verdadeira festa de casamento. Havia *foo-foo* e sopa de inhame, sopa de *egusi* e de folha-amarga, e potes e mais potes de vinho de palma.

Todos os *umunna* foram convidados para a festa, todos os descendentes de Okolo, que vivera havia uns duzentos anos. O membro mais idoso dessa extensa família era Uchendu, tio de Okonkwo. Deram-lhe a noz de cola para partir, e também foi ele quem fez a oração aos ancestrais. Pediu-lhes saúde e filhos.

— Não vos pedimos riquezas, porque aquele que tem saúde e filhos também terá riquezas. Não pedimos mais dinheiro, e sim mais parentes. Somos melhores que os animais porque temos parentes. Um animal, quando sente coceira, esfrega o flanco numa árvore; um homem pede que um parente o coce. — Rezou especialmente por Okonkwo e sua família. Em seguida, partiu a noz de cola, atirando ao chão um dos lóbulos para os ancestrais.

Depois que os pedaços de noz de cola foram oferecidos a todos, as esposas e as filhas de Okonkwo e as mulheres que tinham vindo ajudá-las no preparo das comidas começaram a trazê-las. Os filhos trouxeram os potes de vinho de palma. Havia tanta fartura de comida e bebida que muitos parentes assobiaram, espantados. Quando tudo foi colocado diante dos convidados, Okonkwo levantou-se e falou.

— Peço-lhes que aceitem esta pequenina cola — disse. — Não o faço com a intenção de pagar-lhes tudo o que fizeram por mim nesses sete anos, pois filho algum paga o leite de sua mãe. Chamei-os para esta reunião porque é bom que parentes se encontrem.

O caldo de inhame foi servido em primeiro lugar, por ser mais leve do que o *foo-foo* e porque sempre se começa pelo inhame. Depois, serviram o *foo-foo*. Alguns o comeram com sopa de *egusi*, outros com sopa de folha-amarga. A seguir, a carne foi dividida de forma que cada membro do *umunna* recebesse uma porção. Cada um dos homens se levantava, por ordem de idade, e pegava seu pedaço. Mesmo as porções dos parentes que não tinham podido comparecer eram separadas, sempre na devida ordem de idade.

Enquanto bebiam o vinho de palma, um dos membros mais idosos do *umunna* ergueu-se, a fim de agradecer Okonkwo.

— Se eu dissesse que não esperávamos tão grande festa, estaria sugerindo que desconhecemos a generosidade de nosso filho Okonkwo. Todos nós o conhecemos muito bem e, portanto, sabíamos que ele nos ofereceria um verdadeiro banquete. No entanto, ainda é mais farto do que imaginávamos. Muito obrigado. Que todos vocês, nossos hóspedes, recebam tudo isto de volta, dez vezes mais. É muito agradável, num época como esta, em que a nova geração se considera mais sábia do que as anteriores, vermos alguém fazendo as coisas de maneira nobre, como antigamente. O homem que convida os parentes para uma festa não o faz com a intenção de evitar que eles morram de fome, pois todos têm comida em suas casas. Sempre que nos reunimos no parque enluarado da aldeia, não é para ver a lua, pois todos podem vê-la de seu próprio *compound*. Nós nos reunimos porque é bom que as famílias o façam. Vocês hão de querer saber por que estou dizendo tudo isso. Faço-o porque temo pela nova geração, por esses que ali estão. — E indicou com o braço estendido o lugar onde a maioria dos rapazes estava sentada. — Quanto a mim, restam-me apenas poucos anos de vida, assim como a Uchendu, Unachukwu e Emefo. Mas temo por vocês, os jovens, porque vocês não compreendem como são fortes os laços de família. Não sabem o que é falar com uma só voz. E qual é o resultado disso? Uma religião abominável instalou-se entre vocês. De acordo com essa religião, um homem pode abandonar o pai e os irmãos. Pode blasfemar contra os deuses de seus pais e contra os antepassados, como se fosse um cachorro de caça que de repente ficasse louco e se voltasse contra o dono. Temo por vocês e temo pelo nosso clã.

E voltando-se novamente para Okonkwo, concluiu: — Muito obrigado por ter nos convidado para esta reunião.

# TERCEIRA PARTE

20.

Sete anos é um período demasiado longo para se passar afastado do clã a que se pertence. O lugar de um homem ausente não fica vazio, à espera de que o antigo dono volte a ocupá-lo. Assim que alguém se vai, surge logo um candidato à sua vaga. O clã é como os lagartos, que, quando perdem a cauda, logo lhes nasce outra nova.

Okonkwo sabia muito bem de tudo isso. Sabia que perdera seu lugar entre os nove espíritos mascarados que aplicavam a justiça no clã. Perdera a oportunidade de chefiar seu clã belicoso contra a nova religião, a qual, segundo lhe diziam, ganhara muito terreno. Perdera os anos durante os quais poderia ter recebido os mais elevados títulos do clã. Entretanto, algumas dessas perdas não eram irreparáveis. Estava decidido a fazer com que seu regresso não passasse despercebido de sua gente. Voltaria em grande estilo e haveria de recuperar os sete anos perdidos.

Mesmo durante o primeiro ano de exílio, já começara a fazer planos para o regresso. A primeira providência seria reconstruir seu *compound*, numa escala muito mais grandiosa. Pretendia erguer um celeiro muito maior do que o antigo e levantar cabanas para duas novas esposas. Em seguida, daria mais uma demonstração de prosperidade, iniciando seus filhos na sociedade *ozo*. Somente aos verdadeiros grandes homens do clã era dado fazer isso. Okonkwo imaginava com clareza absoluta a alta estima em que poderia ser tido, e visualizava-se recebendo o mais importante título de sua terra.

À medida que foram passando, um a um, os anos de exílio, parecia-lhe que seu *chi* tentava fazer as pazes com ele, compensando-o pelo desastre passado. Seus inhames cresciam abundantemente, não apenas os plantados na terra de sua mãe mas também os de Umuófia, cultivados todos os anos pelos meeiros.

E foi então que aconteceu a tragédia de seu primogênito. A princípio, parecia que o espírito de Okonkwo sucumbiria diante de tão grande desgosto. No entanto, seu espírito era daqueles capazes de rápida recuperação, e acabou por vencer a dor. Tinha mais cinco filhos e estava decidido a educá-los dentro das tradições do clã.

Mandara chamar os cinco filhos, que vieram ao seu *obi* e se sentaram. O mais novo tinha quatro anos.

— Todos vocês assistiram ao espantoso ato de abominação cometido pelo seu irmão. Ele agora, aliás, já não é nem meu filho nem irmão de vocês. Filho meu tem de ser homem de verdade, capaz de andar de cabeça erguida no meio do meu povo. Se algum de vocês preferir ser mulher, que siga Nwoye já, enquanto ainda estou vivo para amaldiçoá-lo. Se vocês se voltarem contra mim quando eu já estiver morto, virei visitá-los e hei de quebrar-lhes o pescoço.

Okonkwo tinha muita sorte com as filhas. Nunca deixou de lamentar que Ezinma fosse menina. De todos os filhos, só ela entendia cada um dos humores do pai. À medida que os anos iam passando, aumentavam os laços de afinidade entre eles.

Ezinma crescera no exílio e se tornara uma das moças mais bonitas de Mbanta. Chamavam-na "Cristal da Beleza", o mesmo apelido que a mãe recebera na juventude. A meninazinha enfermiça, que tantas preocupações causara à mãe, tinha se transformado, quase da noite para o dia, numa donzela saudável, cheia de vivacidade. Costumava ter de vez em quando, isto é verdade, seus momentos de depressão, e então tratava todo mundo áspera e bruscamente, como um cachorro bravo. Nela, esses estados de espírito eram repentinos, sem nenhuma razão aparente, mas muito raros e de curta duração. Enquanto duravam, a única pessoa cuja presença ela conseguia suportar era o pai.

Muitos rapazes jovens e muitos homens abastados de meia-idade tinham ido a Mbanta com intenção de desposá-la. Porém ela a todos recusara, porque o pai a havia chamado certa noite e lhe dissera: — Aqui existem muitos homens bons e ricos, mas ficarei mais feliz se você se casar em Umuófia, quando voltarmos para casa.

Isso foi tudo o que lhe dissera. Mas Ezinma compreendera claramente toda a intenção e o significado oculto que havia nas entrelinhas. E concordara com o pai.

— Sua meia-irmã, Obiageli, não saberá me compreender — disse Okonkwo. — Você poderá explicar-lhe, se quiser.

Embora fossem quase da mesma idade, Ezinma exercia forte influência sobre sua meia-irmã. Explicou-lhe por que não deveriam casar-se ainda, e a outra também concordou. Por isso, as duas sistematicamente recusavam todas as ofertas de matrimônio em Mbanta.

— Gostaria que ela fosse homem — pensava Okonkwo consigo mesmo. Ezinma compreendia tudo perfeitamente. Qual de seus filhos seria capaz de ler tão bem seu pensamento? Com duas filhas bonitas e já crescidas, o retorno da família à Umuófia atrairia enorme atenção. Seus futuros genros haveriam de ser homens de autoridade no clã. Os pobres e desconhecidos não ousariam candidatar-se.

Na verdade, Umuófia mudara muito durante os sete anos do exílio de Okonkwo. Surgira a igreja, desencaminhando muita gente. Não apenas os de baixa extração ou os proscritos tinham aderido à nova fé, mas também alguns homens de valor. Um exemplo era Ogbuefi Ugonna, que recebera dois títulos e que, num ato de loucura, cortara a tornozeleira de seus títulos e a jogara fora para se juntar aos cristãos. O missionário branco orgulhava-se muito dele, que fora um dos primeiros homens em Umuófia a receber o sacramento da Sagrada Comunhão, ou Sagrada Festa, como se dizia em ibo. Ogbuefi Ugonna imaginava essa Festa em termos de comida e bebida, só que um pouco mais sagrada do que o tipo de festa da aldeia. Portanto, para a ocasião, não se esquecera de colocar seu chifre de beber no saco de pele de cabra.

Além da igreja, os homens brancos trouxeram também uma forma de governo. Tinham construído um tribunal, onde o comissário atuava como juiz. Tinha guardas sob suas ordens, que lhe levavam os indivíduos a serem julgados. Muitos desses guardas eram de Umuru, às margens do Grande Rio,* onde muito tempo atrás os homens brancos tinham aparecido pela primeira vez, ali erguendo o centro de sua religião, comércio e governo. Esses funcionários do tribunal eram profundamente odiados em Umuófia, por serem forasteiros e também porque eram arrogantes e tinham mania de grandeza. Chamavam-nos *kotma*, e como costumassem usar calções cinzentos, foram apelidados de Traseiros de Cinza. Tomavam conta da prisão, que estava cheia

---

* Trata-se do rio Níger. (N. T.)

daqueles que haviam ofendido a lei do homem branco. Alguns desses prisioneiros eram indivíduos que tinham jogado fora filhos gêmeos, e outros tinham molestado os cristãos. Eram espancados na prisão pelos *kotma* e obrigados a trabalhar, todas as manhãs, na limpeza do *compound* do governo e a apanhar lenha para o comissário branco e para os guardas. Alguns desses homens eram portadores de títulos, gente que deveria estar muito acima de semelhantes ocupações mesquinhas. Pesarosos por causa da indignidade que sofriam, lamentavam o abandono em que deixavam suas roças. Quando cortavam a grama de manhã, os homens mais moços cantavam, marcando o ritmo com os golpes de seus facões:

*Kotma do traseiro de cinza
nasceu para ser escravo.
O homem branco não tem tino,
nasceu para ser escravo.*

Os guardas não gostavam de ser chamados Traseiros de Cinza e batiam nos rapazes. Mas mesmo assim a canção se espalhou por Umuófia.

Okonkwo baixou a cabeça de tristeza quando Obierika lhe contou essas histórias.

— Talvez eu tenha ficado longe tempo demais — disse Okonkwo, quase como se falasse consigo próprio. — Porém não consigo entender nada disso que você está me contando. O que foi que aconteceu ao nosso povo? Por que todos perderam a capacidade de luta?

— Você ainda não ouviu a história de como o homem branco arrasou Abame? — perguntou Obierika.

— Já, já ouvi — respondeu Okonkwo. — Mas também ouvi dizer que o povo de Abame era fraco e tolo. Por que não reagiram, em represália? Por acaso não tinham armas de fogo e facões? Seríamos uns covardes, se nos comparássemos com os homens de Abame. Os antepassados deles jamais ousaram enfrentar os nossos ancestrais. Precisamos lutar contra aqueles homens e expulsá-los de nossa terra.

— Acho que agora é tarde demais — referiu Obierika, tristemente. — Nossos próprios camaradas e nossos filhos já se juntaram às fileiras do forasteiro. Adotaram a religião dele e ajudam a apoiar seu governo. Não será difícil tentar expulsar os homens brancos de Umuófia, pois só há dois deles. Mas que dizer da nossa própria gente, que segue o mesmo caminho e a quem eles deram poder? Iriam a Umuru e trariam soldados, e aconteceria conosco o mesmo que aconteceu em Abame. — Fez uma longa pausa e, depois, continuou: — Penso que já lhe contei, em minha última visita a Mbanta, como foi que enforcaram Aneto.

— O que aconteceu, afinal, com aquele pedaço de terra em disputa? — perguntou Okonkwo.

— A corte do homem branco decidiu que deverá pertencer à família de Nnama, que tem dado muito dinheiro aos funcionários e ao intérprete do homem branco.

— Por acaso o homem branco entende os nossos costumes no que diz respeito à terra?

— Como é que ele pode entender, se nem sequer fala a nossa língua? Mas declara que nossos costumes são ruins; e nossos próprios irmãos, que adotaram a religião dele, também declaram que nossos costumes não prestam. De que maneira você pensa que poderemos lutar, se nossos próprios irmãos se voltaram contra nós? O homem branco é muito esperto. Chegou calma e pacificamente com sua religião. Nós achamos graça nas bobagens deles e permitimos que ficasse em nossa terra. Agora, ele conquistou até nossos irmãos, e o nosso clã já não pode atuar como tal. Ele cortou com uma faca o que nos mantinha unidos, e nós nos despedaçamos.

— Como foi que eles conseguiram prender Aneto e enforcá-lo? — indagou Okonkwo.

— Quando Aneto matou Oduche por causa daquele terreno, fugiu para Aninta, a fim de escapar à ira da terra. Isso aconteceu mais ou menos oito dias após a briga, porque Oduche não morreu imediatamente dos ferimentos. Morreu só no sétimo dia. Porém todo mundo sabia que ele ia morrer, então Aneto reuniu seus pertences e ficou à espera, preparado para fugir. Porém os cristãos relataram o incidente ao homem branco, que enviou os seus *kotma* para prender Aneto. Levaram-no para a prisão juntamente com todos os líderes de sua família. Quando Oduche morreu, Aneto foi levado a Umuru, onde o enforcaram. Os outros foram soltos, mas até hoje não têm boca para contar os sofrimentos que passaram.

E, durante muito tempo, os dois homens ficaram ali sentados, em silêncio.

21.

Havia em Umuófia muitos homens e mulheres que não compartilhavam as mesmas opiniões hostis de Okonkwo sobre o novo regime. O homem branco trouxera realmente uma religião maluca; mas, ao mesmo tempo, construíra um entreposto, fazendo com que pela primeira vez o óleo e as sementes de palma atingissem preços elevados e que uma grande quantidade de dinheiro afluísse a Umuófia.

Mesmo em matéria de religião, havia também um sentimento crescente de que talvez existisse algo de bom na crença do branco, algo vagamente semelhante a um método em toda aquela esmagadora loucura.

A expansão desse sentimento devia-se ao sr. Brown, o missionário branco, cuja atitude firme impedia seu rebanho de provocar a ira do clã. Um dos membros desse rebanho era particularmente difícil de refrear. Chamava-se Enoch e seu pai era o sacerdote do culto da serpente. Correra o boato de que Enoch havia matado e comido a jiboia sagrada e o pai o havia amaldiçoado.

O sr. Brown costumava pregar contra tais excessos de zelo. Tudo era possível, dizia ele ao seu vigoroso rebanho, mas nem tudo era oportuno. O sr. Brown chegou a ser respeitado até mesmo pelo clã, graças à maneira suave com que sabia atuar, sempre que se tratasse de questões de fé. Fez amizade com alguns dos mais importantes homens do clã; e em uma de suas frequentes visitas às aldeias vizinhas, foi presenteado com uma presa de elefante toda entalhada, sinal de reconhecida dignidade e *status*. Um dos grandes homens daquela aldeia, chamado Akunna, entregara-lhe um dos filhos, para que aprendesse na escola do sr. Brown a ciência do homem branco.

Todas as vezes que o sr. Brown visitava essa aldeia, passava longas horas no *obi* de Akunna, conversando com ele sobre religião com a ajuda de um intérprete. Nenhum dos dois conseguia converter o outro, mas aprendiam sempre mais alguma coisa sobre suas respectivas crenças, tão diferentes entre si.

— O senhor declara que há um Deus supremo que fez o céu e a terra — disse Akunna durante uma das visitas do sr. Brown. — Nós também acreditamos n'Ele e O chamamos de Chukwu. Ele fez o mundo inteiro e todos os outros deuses.

— Não existem outros deuses — retrucou o sr. Brown. — Chukwu é o único Deus e todos os demais são falsos. Vocês entalham um pedaço de madeira, como aquele lá (e apontou para os caibros, dos quais pendia o *ikenga* entalhado de Akunna), e dizem que é um deus. Mesmo assim, continua não passando de um simples pedaço de madeira.

— Certo — respondeu Akunna. — É mesmo um pedaço de madeira. Mas a árvore da qual foi cortado foi feita por Chukwu, da mesma maneira, aliás, que todos os deuses menores. Chukwu fez esses deuses para serem os mensageiros através dos quais todos nós podemos nos aproximar d'Ele. É como no seu caso. O senhor é chefe da sua igreja.

— Absolutamente! — protestou o sr. Brown. — O chefe da minha igreja é o próprio Deus.

— Eu sei — contrapôs Akunna. — Mas deve haver um chefe no mundo, entre os homens. Alguém como o senhor deve ser o chefe aqui na terra.

— O chefe da minha igreja, no sentido que o senhor dá à palavra, está na Inglaterra.

— Pois então. É exatamente isso que eu estou dizendo. O chefe da sua igreja está no seu país. Ele o enviou aqui como seu emissário. E, por sua vez, o senhor também escolheu seus próprios emissários e servos. Ou então, deixe-me dar outro exemplo: o comissário distrital. Ele foi mandado pelo seu rei.

— Lá eles têm uma rainha — interveio o intérprete por conta própria.

— Pois bem, sua rainha envia um representante, que é o comissário distrital. Ele, por sua vez, chega à conclusão de que não pode executar a tarefa sozinho e, então, nomeia os *kotma* para ajudá-lo. A mesma coisa acontece com Deus, ou Chukwu. Ele nomeia deuses menores para ajudá-lo, porque Seu trabalho é grande demais para uma só pessoa.

— Os senhores não deveriam pensar Nele como sendo uma pessoa — disse o sr. Brown. — É justamente por fazerem isso que imaginam que Ele deve precisar de ajudantes. E o que é ainda pior, dedicam a exclusividade da adoração aos falsos deuses que criaram.

— Não é verdade. Fazemos sacrifícios aos pequenos deuses, mas quando eles nos falham e não há mais ninguém que nos possa socorrer, nos dirigimos a Chukwu. Isso é que é o certo. Pois a forma de nos aproximarmos de um grande homem é através de seus servos. Mas se esses servos fracassam e não conseguem nos auxiliar, então nós nos dirigimos à última fonte de esperança. É apenas uma impressão, a de que damos grande importância aos pequenos deuses, uma impressão falsa. Simplesmente nós os incomodamos mais vezes, por temermos incomodar o Chefe deles todos. Nossos pais sabiam que Chukwu era o Senhor Supremo, por isso muitos davam aos filhos o nome de Chukwuka, que significa "Chukwu é Supremo".

— O senhor acaba de mencionar uma coisa interessante — disse o sr. Brown. — Que vocês têm medo de Chukwu. Ora, na minha religião, Chukwu é um pai amantíssimo e não precisa ser temido por aqueles que cumprem Sua vontade.

— No entanto, é preciso que O temamos, quando não estivermos cumprindo Sua vontade — argumentou Akunna. — E quem, de nós, sabe qual é a Sua vontade? É algo grande demais para ser conhecido.

E assim o sr. Brown aprendeu muito sobre a religião do clã, chegando à conclusão de que qualquer ataque frontal que se lhe fizesse não seria bem-sucedido. Então, construiu uma escola e um pequeno hospital em Umuófia. Foi de família em família, suplicando às pessoas que mandassem os filhos à sua escola. A princípio, porém, elas se limitavam a mandar-lhe os escravos ou, algumas vezes, os filhos que eram preguiçosos. O sr. Brown suplicou, discutiu e profetizou. Disse que os futuros líderes da região seriam os homens e as mulheres que tivessem aprendido a ler e a escrever. Se o povo de Umuófia se negasse a mandar seus filhos à escola, viriam forasteiros de outras áreas para governá-la. Podiam verificar que isso estava realmente acontecendo, pelo exemplo do tribunal da cidade, onde o comissário distrital estava rodeado de forasteiros que falavam a língua dele. A maioria desses forasteiros vinha de Umuru, a distante cidade situada às margens do Grande Rio, onde o homem branco aparecera pela primeira vez.

Finalmente os argumentos do sr. Brown começaram a surtir efeito. O número de alunos em sua escola aumentou. Ele os encorajava, presenteando-os com camisetas e toalhas. Nem todas as pessoas que vinham às aulas eram jovens. Alguns alunos tinham trinta anos de idade, ou mais. Trabalhavam em suas roças na parte da manhã e frequentavam a escola à tarde. Não tardou muito para que começasse a correr a voz de que o feitiço do homem branco fazia efeito depressa. A escola do sr. Brown produzia resultados rápidos. Bastavam alguns meses de frequência para que alguém se tornasse mensageiro ou mesmo funcionário de escritório do tribunal. Aqueles que nela permaneciam por mais tempo transformavam-se em professores; e de toda Umuófia chegavam os trabalhadores às vinhas do Senhor. Novas igrejas estabeleceram-se nas aldeias vizinhas e, com elas, algumas escolas. Desde os primeiros tempos, a religião e a educação andaram de mãos dadas.

A missão do sr. Brown ganhava cada vez mais força e, por estar ligada à nova administração, crescia em prestígio social. Porém a saúde do sr. Brown já não era tão boa como antigamente. No início, ele procurou ignorar os sinais de advertência. Mas afinal, triste e alquebrado, viu-se obrigado a abandonar o rebanho.

Foi na primeira estação das chuvas, após o regresso de Okonkwo a Umuófia, que o sr. Brown partiu, de volta à pátria. Assim que soubera do regresso de Okonkwo, cinco meses antes, o missionário fora imediatamente fazer-lhe uma visita. Por coincidência, acabara de enviar o filho de Okonkwo, Nwoye, que agora se passara a chamar Isaac, para o novo colégio de treinamento de professores em Umuru. Tinha esperanças de que Okonkwo ficasse satisfeito com essa notícia; mas Okonkwo o mandara embora, com a ameaça de que, se tornasse a entrar em seu *compound*, seria expulso à força.

O regresso de Okonkwo à terra natal não fora tão memorável quanto desejara. Verdade que suas duas belas filhas despertaram grande interesse entre os pretendentes e que, pouco depois, desatavam-se negociações para os casamentos. Mas, à parte disso, Umuófia não parecia ter dado nenhuma atenção especial ao retorno do guerreiro. O clã sofrera tão profundas mudanças durante seu exílio, que estava quase irreconhecível. O povo só tinha olhos e ouvidos para a nova religião, o novo governo e os novos entrepostos. Ainda havia muita gente que considerava essas novas instituições malignas, mas mesmo essa gente não pensava nem falava em outro assunto e, sem dúvida alguma, não estava interessada no retorno de Okonkwo.

O momento do retorno também não fora o melhor. Se Okonkwo tivesse, como planejara, iniciado imediatamente seus dois filhos na sociedade *ozo*, talvez isso houvesse causado algum impacto. Mas como o rito de iniciação só se realizava de três em três anos em Umuófia, ele foi obrigado a esperar quase dois anos pelas próximas celebrações da cerimônia.

Okonkwo estava profundamente aborrecido. E seu aborrecimento não era apenas originado por motivos pessoais. Lamentava a situação em que encontrara o clã, dividindo-se e desintegrando-se, e lamentava ainda mais os guerreiros de Umuófia, que haviam se tornado inexplicavelmente fracos como mulheres.

22.

O sucessor do sr. Brown, o reverendo James Smith, era um homem muito diferente dele. Condenou de forma clara a política de acomodação e concessões adotada pelo sr. Brown. Para ele, as coisas eram brancas ou pretas. E as pretas eram decididamente más. Via o mundo como um campo de batalha no qual os filhos da luz estavam sempre travando mortais conflitos contra os filhos da treva. Em seus sermões, costumava falar em ovelhas e cabras, no joio e no trigo. Acreditava na destruição dos profetas de Baal.

O sr. Smith ficou profundamente chocado com a ignorância evidenciada por grande número de ovelhas de seu rebanho, mesmo em relação a temas como a Trindade e os Sacramentos. Isso apenas mostrava como eram sementes plantadas num solo rochoso. O sr. Brown não pensara em nada, a não ser em quantidade. Ele deveria saber, no entanto, que o reino de Deus não depende de grandes multidões. O próprio Nosso Senhor salientara a importância das minorias. Estreito é o caminho e poucos são os eleitos. Encher o sagrado templo do Senhor com uma multidão idólatra a clamar por provas era uma loucura cujas consequências durariam para sempre. Nosso Senhor usara a chibata uma única vez — para expulsar a multidão de Sua igreja.

 Poucas semanas após sua chegada a Umuófia, o sr. Smith resolveu declarar suspensa da igreja uma jovem mulher que havia vertido vinho novo em garrafa velha. Essa mulher permitira que o marido pagão mutilasse o filho morto. A criança fora considerada um *ogbanje*, que haveria de atormentar a mãe, tornando a entrar em seu ventre, depois de morta, para assim nascer de novo. Quatro vezes essa mesma criança já cumprira sua ronda maligna. Por isso mutilaram-na, a fim de desencorajá-la a voltar.

 O sr. Smith ficou furioso quando ouviu contar o caso. Ele não dava crédito à história, confirmada até mesmo por alguns de seus mais fervorosos fiéis, de que realmente existiam tais crianças e de que nem as mutilações as detinham, pois insistiam em nascer de novo, trazendo no corpo as cicatrizes. Replicou que semelhantes histórias eram espalhadas no mundo pelo Diabo, a fim de desencaminhar os homens. Aqueles que acreditassem em histórias como aquela eram indignos da mesa do Senhor.

 Havia um ditado em Umuófia que dizia: o batuque dos tambores acompanha o modo de dançar de cada homem. O sr. Smith dançava de modo frenético, e por isso os tambores também enlouqueceram. Os fiéis superzelosos que se haviam acalmado sob a mão comedida do sr. Brown agora floresciam na qualidade de favoritos absolutos. Um deles era Enoch, o filho do sacerdote da serpente, que, diziam, tinha matado e comido a jiboia sagrada. A devoção de Enoch à nova crença parecera aos aldeões tão desmedida, comparada à do sr. Brown, que costumavam chamá-lo de O Estranho Que Chora Mais Alto do Que o Viúvo.

 Enoch era baixo e miúdo, e dava sempre a impressão de estar apressadíssimo. Seus pés eram curtos e largos. Quando ficava de pé ou andava, os calcanhares se juntavam e os pés se abriam para fora, como se tivessem brigado um com o outro e quisessem ir em direções diferentes. Tamanho era o excesso de energia acumulado no corpo frágil de Enoch, que ele sempre explodia violentamente em discussões ou brigas. Aos domingos, sempre imaginava que o sermão se dirigia especialmente a seus inimigos. Se lhe acontecesse, então, estar sentado perto de um deles, costumava virar-se de vez em quando para o indivíduo e lançar-lhe olhares significativos, como a advertir: "Eu não lhe disse?". Foi esse Enoch quem desencadeou o grande conflito entre a igreja e o clã em Umuófia, conflito que, aliás, se fora formando desde a partida do sr. Brown.

Foi durante a cerimônia anual em homenagem à deusa da terra. Em tal ocasião, os ancestrais colocados, ao morrerem, sob a custódia da Mãe-Terra, reapareciam como *egwugwu*, emergindo de minúsculas entradas de formigueiros.

Um dos maiores crimes que alguém podia cometer era tirar a máscara de um *egwugwu* em público ou, então, dizer ou fazer alguma coisa que pudesse diminuir seu prestígio imortal aos olhos dos não iniciados. E foi isso o que Enoch fez.

O culto anual da deusa da terra caiu num domingo, e os espíritos mascarados estavam à solta. Por isso, as mulheres cristãs que tinham ido à igreja não puderam voltar para casa. Alguns homens de suas famílias resolveram ir pedir aos *egwugwus* que se retirassem durante um certo tempo, a fim de que as mulheres pudessem passar. Eles concordaram, e já começavam a se afastar, quando Enoch alardeou em altas vozes que os espíritos não ousariam tocar num cristão. No mesmo instante, todos eles voltaram para trás e um deles aplicou uma boa bastonada em Enoch — os *egwugwus* carregam sempre um bastão. Enoch avançou para cima do sujeito e arrancou-lhe a máscara. Imediatamente os outros *egwugwus* rodearam o companheiro profanado, para protegê-lo dos olhares sacrílegos das mulheres e crianças, e o levaram embora. Enoch matara um espírito ancestral, e Umuófia mergulhou na confusão.

Naquela noite, a Mãe dos Espíritos vagou pelo clã, andando em todas as direções, a prantear o filho morto. Foi uma noite terrível. Nem mesmo o mais velho dos homens de Umuófia jamais ouvira som tão estranho e apavorante, e nunca mais ouviria. Parecia que a alma do clã chorava um grande mal prestes a acontecer: a sua própria morte.

No dia seguinte, todos os *egwugwus* mascarados de Umuófia reuniram-se na praça do mercado. Vieram de todos os cantos do clã e até das aldeias vizinhas. O temível Otakagu veio de Imo, e Ekwensu, com um galo branco dependurado, chegou de Uli. Era uma reunião medonha. As vozes sobrenaturais dos numerosos espíritos, os guizos que chocalhavam nas costas de alguns deles e o estridor dos facões ao se entrechocarem quando eles corriam para a frente e para trás, trocando saudações uns com os outros, provocavam estremecimentos de medo em todos os corações. E pela primeira vez na história de Umuófia o berra-boi sagrado foi ouvido em plena luz do dia.

Da praça do mercado, o bando furioso dirigiu-se ao *compound* de Enoch. Alguns anciãos o acompanhavam, praticamente vestidos com talismãs e amuletos. Esses eram homens de *ogwu*, ou de muita força espiritual. Quanto às pessoas comuns, ficaram ouvindo de longe, na segurança de suas cabanas.

Na noite anterior, os líderes cristãos tinham se reunido no presbitério do sr. Smith. Enquanto deliberavam, escutavam os gemidos de dor da Mãe dos Espíritos, a chorar o filho morto. Aquele rumor deprimente afetou o sr. Smith, que, pela primeira vez, parecia assustado.

— O que é que eles pretendem fazer? — perguntou. Mas ninguém soube responder, porque aquilo jamais acontecera antes. O sr. Smith teria mandado chamar o comissário distrital e seus ajudantes, não fosse eles terem viajado justamente na véspera.

— Uma coisa parece bem clara — disse o sr. Smith. — Não lhes poderemos opor nenhuma espécie de resistência física. Nossa força está nas mãos do Senhor.
Todos se ajoelharam e imploraram salvação a Deus.
— Ó Senhor! Salvai o Vosso povo! — exclamou o sr. Smith.
— E abençoai Vosso rebanho! — responderam os homens.
Decidiram que Enoch ficaria escondido ali no presbitério durante um ou dois dias. Quanto ao próprio Enoch, sentiu-se profundamente desapontado ao ouvir isso, pois alimentara a expectativa da eminência de uma guerra santa; e outros pensavam do mesmo modo. Mas a sabedoria prevaleceu entre os fiéis, e assim muitas vidas foram salvas.

Como um tufão furioso, o bando de *egwugwus* encaminhou-se para o *compound* de Enoch e, com facões e fogo, reduziram-no a um deplorável monte de escombros. Dali, dirigiram-se à igreja, sedentos de destruição.

O sr. Smith encontrava-se no templo quando ouviu os espíritos mascarados se aproximarem. Caminhou tranquilamente para a porta de comunicação entre a igreja e o resto do *compound*, ali ficando à espera. Mas, no momento em que os três ou quatro primeiros *egwugwus* apareceram nas proximidades da igreja, ele esteve a ponto de fugir, em disparada. Conseguiu vencer esse impulso inicial e, em vez de fugir, desceu os dois degraus da porta da igreja e caminhou na direção dos espíritos. Como uma onda encapelada, estes avançaram e derrubaram uma grande parte da cerca de bambu que circundava o *compound* da igreja. Chocalhos dissonantes badalavam, facões colidiam estrepitosamente e o ar estava cheio de poeira e de sons sobrenaturais. O sr. Smith ouviu um ruído de passos atrás de si. Deu meia-volta e deparou com Okeke, o intérprete. As relações entre Okeke e seu patrão não tinham sido das melhores durante a reuniões dos líderes da igreja, na noite anterior, quando o sr.

Smith condenara violentamente o comportamento de Enoch. Okeke chegara a dizer que Enoch não deveria ser escondido no presbitério, porque se o fosse, isso haveria de desencadear a ira do clã contra o pastor. O sr. Smith o censurara com palavras duras e, naquela manhã, não o procurara em busca de conselho. Mas agora, no momento em que ele surgira para enfrentar a seu lado os espíritos irados, o sr. Smith o olhara sorridente. Era um sorriso débil, porém havia profunda gratidão nele.

Durante alguns instantes, a investida dos *egwugwus* foi contida pela inesperada atitude dos dois homens. Mas não passou de uma interrupção momentânea, semelhante ao silêncio tenso entre dois estrondos de trovão. A segunda investida foi ainda maior do que a primeira. Engoliu os dois homens. De repente, uma voz inconfundível ergueu-se acima do tumulto e o silêncio se fez de imediato. Abriu-se um espaço ao redor dos dois homens, e Ajofia começou a falar.

Ajofia era o líder dos *egwugwus* de Umuófia. Era o cabeça e o porta-voz dos nove ancestrais, que distribuíam justiça no clã. Tinha uma voz inconfundível e, por isso, conseguiu acalmar instantaneamente os agitados espíritos. Quando falou, suas palavras dirigiram-se ao sr. Smith, e nuvens de fumaça evolavam de sua cabeça.

— Corpo do homem branco, eu vos saúdo — disse ele, usando a linguagem que os imortais costumam empregar quando falam aos homens.

— Corpo do homem branco, vós me conheceis? — perguntou ele. O sr. Smith olhou para o intérprete, mas Okeke, que era um nativo da distante Umuru, também não sabia o que fazer.

Ajofia deu uma risada gutural. Seu riso parecia feito de metal enferrujado. — Eles são forasteiros — afirmou —, e são ignorantes. Não sabem como devem responder.

Voltou-se para os camaradas e saudou-os, chamando-os de

pais de Umuófia. Fincou sua lança chocalhante no chão e ela estremeceu como se tivesse uma vida metálica. Depois, tornou a voltar-se na direção do missionário e do intérprete.

— Diga ao homem branco que não lhe faremos nenhum mal — falou ele ao intérprete. — Diga-lhe que volte para sua casa e que nos deixe aqui sozinhos. Nós gostávamos daquele irmão dele, o que estava aqui conosco antes. Era um tolo, mas nós o estimávamos, e por causa dele nenhum mal causaremos a seu irmão. Mas este santuário que ele construiu deve ser destruído. Não mais permitiremos que continue a existir em nosso meio. Produziu indizíveis abominações e estamos aqui com a finalidade de acabar com tudo isso. — Voltou-se para os companheiros. — Pais de Umuófia, eu vos saúdo! — e eles responderam em uníssono, com voz gutural. Novamente virou-se para o missionário. — O senhor pode continuar a morar na nossa terra, se gostar dos nossos costumes. Pode continuar a adorar o seu Deus. É bom que um homem adore os deuses e os espíritos de seus antepassados. Volte para sua casa, para não sofrer nenhum dano. Nossa ira é imensa, mas soubemos controlá-la, a fim de dirigir-lhe essas palavras.

O sr. Smith dirigiu-se ao intérprete: — Diga-lhes que devem ir embora. Esta é a casa de Deus e não pretendo sobreviver à sua profanação.

Okeke, prudentemente, assim traduziu as palavras do sr. Smith aos líderes e espíritos de Umuófia: — O homem branco disse que está muito contente por vocês terem vindo procurá-lo para expor suas queixas, como amigos. Ficará feliz se resolverem deixar a solução deste assunto nas mãos dele.

— Não podemos deixar o assunto nas mãos dele, porque ele não compreende os nossos costumes, assim como não entendemos os dele. Nós achamos que ele é um tolo por não conhecer nossos modos de vida, e talvez ele nos ache tolos por não conhecermos os dele. Diga-lhe que vá embora.

O sr. Smith não arredou pé. Mas não conseguiu salvar a igreja. Quando os *egwugwus* se foram, o prédio de barro vermelho que o sr. Brown construíra estava reduzido a um monte de terra e cinzas. O espírito do clã fora pacificado. Temporariamente, pelo menos.

23.

Pela primeira vez em muitos anos, Okonkwo sentia dentro dele algo muito próximo à felicidade. Tudo o que, tão inexplicavelmente, havia mudado durante seu exílio, parecia retornar ao que fora antes. O clã, que lhe tinha sido desleal, também parecia reconciliar-se com ele.

Quando se reuniram na praça do mercado, para decidir que atitude tomariam, Okonkwo dirigira palavras de extrema violência a seus companheiros de clã. E todos o tinham ouvido respeitosamente. Tudo sucedera, de novo, como nos bons velhos tempos, quando um guerreiro era um guerreiro. Embora não tivessem estado de acordo em matar o missionário ou expulsar os cristãos, haviam concordado em fazer algo decisivo. E realmente o fizeram. Okonkwo sentia-se quase feliz outra vez.

Nos dois dias que se seguiram à destruição da igreja, nada aconteceu. Todos os homens de Umuófia andavam armados com espingarda ou facão. Não seriam apanhados de surpresa, como sucedera ao povo de Abame.

Então, o comissário distrital voltou de viagem. O sr. Smith foi imediatamente procurá-lo e os dois tiveram uma longa conversa. Os homens de Umuófia não prestaram a mínima atenção a esse fato ou, se prestaram, não o consideraram importante. O missionário costumava visitar com frequência seu irmão branco. Nada havia de estranho nisso.

Três dias depois, o comissário distrital enviou seu emissário de fala mais mansa aos líderes de Umuófia, pedindo que fossem vê-lo em sua sede. Também isso nada tinha de estranho, pois muitas vezes ele os convidara para tais conferências, como costumava chamá-las. Okonkwo estava entre os seis líderes convocados.

Okonkwo advertiu os companheiros para que fossem armados.

— Nenhum homem de Umuófia nega-se a atender a um chamado — declarou. — Pode se recusar a fazer o que lhe pedem; mas jamais se recusa a ouvir um pedido. Entretanto, os tempos mudaram, e precisamos estar preparados para seja o que for.

Os seis, portanto, foram encontrar-se com o comissário distrital munidos de facões. Não levaram armas de fogo, pois seria impróprio. Foram conduzidos à sala do tribunal, onde o comissário já se encontrava sentado. Recebeu-os polidamente. Todos os seis despenduraram dos ombros os sacos de pele de cabra e os facões embainhados, colocaram-nos no chão e se sentaram.

— Pedi-lhes que viessem até aqui — principiou o comissário — por causa do que sucedeu durante minha ausência. Contaram-me algumas coisas, mas não posso dar crédito a elas enquanto não tiver ouvido o outro lado da história. Vamos discutir o assunto como amigos e tentar garantir um modo de que nenhum outro incidente dessa espécie volte a acontecer.

Ogbuefi Ekwueme pôs-se de pé e começou a contar a história.

— Espere um instante — pediu o comissário. — Quero fazer entrar meus homens, para que eles também possam ouvir suas queixas e fiquem advertidos. Muitos deles são oriundos de lugares distantes e, embora falem a língua de vocês, ignoram seus costumes. James! Diga aos homens que entrem.

O intérprete saiu da sala do tribunal e voltou em seguida acompanhado por doze homens. Todos se sentaram junto aos líderes de Umuófia, e Ogbuefi Ekweme começou mais uma vez a contar a história de como Enoch tinha assassinado um *egwugwu*.

Tudo aconteceu tão rapidamente, que os seis homens não se deram conta de nada. Houve apenas uma leve escaramuça, breve demais até mesmo para permitir que algum deles desembainhasse o facão. Os seis homens foram algemados e levados para o quarto da guarda.

— Não pretendemos fazer-lhes nenhum mal — disse-lhes mais tarde o comissário — desde que vocês concordem em cooperar conosco. Nós trouxemos aos senhores e a este povo uma administração pacífica, para que todos possam ser felizes. Se alguém maltratar qualquer um de vocês, estamos dispostos a prestar ao ofendido o nosso auxílio. Porém, não permitiremos que nenhum de vocês maltrate os outros. Temos um tribunal que julga os casos e administra justiça exatamente da mesma maneira que se faz em meu país, que é governado por uma grande rainha. Se mandei trazê-los aqui, foi porque vocês se reuniram para causar dano a outras pessoas, queimar-lhes a casa e a igreja. Isso não deve acontecer nos domínios da nossa rainha, a mais poderosa governante do mundo. Decidi que vocês terão de pagar uma multa de duzentos sacos de cauris. Serão postos em liberdade tão logo concordem com o que acabo de lhes dizer e comecem a cobrar do povo a multa a que me referi. O que têm a me dizer?

Os seis homens ficaram sorumbáticos e silenciosos, e o comissário os deixou a sós durante algum tempo. Antes de sair da sala, ordenou que os guardas do tribunal tratassem os homens com respeito, porque eles eram os líderes de Umuófia. — Sim, senhor — responderam os guardas, fazendo-lhe continência.

Assim que o comissário saiu, o chefe dos guardas, que por acaso também era o barbeiro dos prisioneiros, pegou uma navalha e raspou todo o cabelo da cabeça dos seis. Como estivessem ainda algemados, continuaram sentados onde estavam, com ar de profundo desânimo.

— Quem é o chefe do grupo? — perguntaram os guardas em tom jocoso. — Já reparamos que qualquer mendigo usa tornozeleira de título aqui em Umuófia. Será que ela chega a custar dez cauris?

Os seis homens não comeram nada durante todo aquele dia e o seguinte. Nem sequer lhes deram água para beber, e não podiam sair para urinar ou para ir ao mato quando estavam apertados. À noite, os guardas apareceram para provocá-los, pegaram em suas cabeças raspadas e bateram umas contra as outras.

Mesmo quando os seis estavam sozinhos, não encontravam palavras para conversar entre si. Foi somente no terceiro dia, quando não conseguiam mais aguentar a fome e os insultos, que começaram a falar em ceder.

— Se vocês me tivessem dado ouvido, teríamos matado o homem branco — rosnou Okonkwo.

— E a essa hora estaríamos em Umuru, à espera de sermos enforcados — retrucou alguém.

— Quem é que está falando aí em matar o homem branco? — perguntou um guarda que acabara de entrar de repente. Nenhum dos seis respondeu.

— Vocês não estão satisfeitos com o crime que já cometeram, e ainda por cima querem matar o homem branco! — O guarda trazia na mão uma vara grossa, com a qual deu algumas pancadas na cabeça e nas costas de cada homem. Okonkwo estava engasgado de ódio.

Logo que os seis homens foram presos, guardas do tribunal dirigiram-se a Umuófia para dizer ao povo que seus líderes só seriam postos em liberdade depois que uma multa de duzentos e cinquenta sacos de cauris fosse paga pelos habitantes.

— A menos que vocês paguem a multa imediatamente — declarou o chefe do grupo —, levaremos seus líderes a Umuru, à presença do grande homem branco, e eles serão enforcados.

Essa história se espalhou bem depressa pelas aldeias e, à medida que ia se difundindo, era aumentada. Alguns diziam que os homens já tinham sido levados a Umuru e seriam enforcados no dia seguinte. Outros diziam que as famílias deles também seriam enforcadas. E havia até quem dissesse que soldados já estavam a caminho, para matarem a tiros o povo de Umuófia, da mesma maneira que tinham feito em Abame.

Era tempo de lua cheia. Mas, naquela noite, as vozes das crianças não foram ouvidas. O *ilo* da aldeia, onde elas sempre se reuniam para brincar quando havia lua, estava vazio. As mulheres de Iguedo não se encontraram em seu esconderijo secreto para aprender uma nova dança que, mais tarde, seria apresentada na aldeia. Os rapazes, que costumavam sair de casa sempre que havia luar, naquela noite ficaram em suas moradas. Suas vozes másculas não foram ouvidas pelos atalhos da aldeia, como acontecia quando eles saíam para visitar seus amigos ou suas namoradas. Umuófia estava como um animal assustado, de orelhas em pé, a farejar o ar silencioso e agourento, sem saber para que lado fugir.

O silêncio foi quebrado pelo pregoeiro da aldeia, a bater seu sonoro agogô. Convocava todos os homens de Umuófia, do grupo etário dos Akakanma para cima, a se reunirem na praça do mercado após a refeição matinal. O pregoeiro foi de um extremo a outro da aldeia e atravessou-a toda, na largura. Não omitiu nenhum dos principais caminhos.

O *compound* de Okonkwo parecia uma roça abandonada. Era como se alguém tivesse despejado água fria por cima de tudo. A família estava toda lá, mas falava aos cochichos. Ezinma, a filha, suspendera a visita de vinte e oito dias à família do futuro marido e voltara para casa quando lhe disseram que o pai fora preso e estava para ser enforcado. Assim que chegou, foi à morada de Obierika para indagar que providência os homens de Umuófia pretendiam tomar. Mas Obierika não aparecia em casa desde de manhã. Suas esposas imaginavam que ele tivesse ido a uma reunião secreta. Ezinma ficou satisfeita, pois isso significava que algo estava sendo providenciado.

Naquela manhã, após a convocação feita pelo pregoeiro, os homens de Umuófia se reuniram na praça do mercado e decidiram coletar, o quanto antes possível, os duzentos e cinquenta sacos de cauris para amansar o homem branco. Eles ignoravam que cinquenta desses sacos seriam para os guardas do tribunal, que propositadamente haviam aumentado o valor da multa.

24.

Okonkwo e seus companheiros de prisão foram libertados assim que a multa foi paga. O comissário distrital tornou a falar-lhes sobre a grande rainha, sobre paz e bom governo. Mas os homens não pareciam escutar. Limitaram-se a continuar onde estavam, sentados, olhando para o comissário e seu intérprete. Finalmente, receberam de volta seus sacos e seus facões embainhados e foram dispensados. Levantaram-se e saíram do tribunal. Não conversaram entre si nem falaram com ninguém.

O tribunal, tal como a igreja, fora construído a uma pequena distância dos limites da aldeia. O caminho que unia um edifício a outro era muito percorrido, porque também levava ao córrego, que ficava pouco adiante do tribunal. Era um caminho largo e arenoso. Os caminhos eram sempre largos e arenosos na estação seca; mas, quando as chuvas chegavam, o mato crescia, espesso, nas duas beiras da estrada, e avançava sobre ela. Era a estação seca agora.

À medida que andavam em direção à aldeia, os seis homens encontravam mulheres e crianças que se dirigiam ao córrego com suas bilhas d'água. Mas a expressão dos seis era de tal modo carregada e temível, que as mulheres e crianças não lhes diziam *nno*, ou seja, bem-vindo. Limitavam-se a se afastar do caminho para deixá-los passar. Na aldeia, pequenos grupos de homens foram se juntando a eles, até formarem uma massa considerável. Caminhavam em silêncio. À medida que cada um dos seis chegava ao seu *compound*, entrava, e uma parte do grupo entrava com ele. Em toda a aldeia sentia-se uma agitação silenciosa e reprimida.

Ezinma tinha preparado algo para o pai comer assim que se espalhou a notícia de que os seis homens seriam libertados. Levou-lhe a comida ao *obi*. Ele comeu distraidamente. Não sentia apetite; comia apenas para satisfazer à filha. Todos os parentes e amigos haviam se reunido no *obi* de Okonkwo, e Obierika insistia, neste momento, para que ele comesse. Ninguém mais falava, porém observavam os compridos lanhos nas costas de Okonkwo, onde o chicote do carcereiro cortara a carne.

À noite, o pregoeiro tornou a percorrer a aldeia. Batia o agogô, a anunciar que outra reunião se realizaria na manhã seguinte. Todos sabiam que, finalmente, Umuófia iria se pronunciar sobre o acontecido.

Okonkwo dormiu muito pouco. À amargura de seu coração, misturava-se agora uma espécie de excitação infantil. Antes de ir para a cama, tirara para fora seu traje de guerra, no qual não tinha mexido desde o retorno do exílio. Sacudira o saiote de ráfia e examinara o alto cocar de plumas e o escudo. Estavam em estado satisfatório, pensara consigo mesmo.

Deitado na cama de bambu, pôs-se a recordar o tratamento recebido no tribunal do homem branco, e jurou vingança. Se Umuófia se resolvesse pela guerra, tudo bem. Mas, se decidisse se acovardar, ele se vingaria por conta própria. Recordou-se de guerras passadas. A mais nobre, em sua opinião, fora a campanha contra Isike. Naquela época, Okudo ainda estava vivo. Okudo entoava uma canção guerreira como ninguém. Não era um lutador, mas sua voz conseguia transformar todos os homens em leões.

— Homens de valor já não existem — suspirou Okonkwo, relembrando os grandes dias do passado. — Isike jamais esquecerá como atuamos naquela guerra. Matamos doze de seus homens e eles só mataram dois dos nossos. Antes que se encerrasse a quarta semana de mercado, eles já pediam paz. Bons tempos aqueles, quando os homens eram homens de verdade.

Enquanto pensava em todas essas coisas, ouviu à distância o som do agogô. Ficou atento, mas mal podia ouvir a voz do pregoeiro, ainda muito fraca. Revirou-se na cama, e as costas lhe doeram. Cerrou os dentes. O pregoeiro aproximava-se cada vez mais e, por fim, passou ao lado do *compound* de Okonkwo.

— O maior problema em Umuófia — pensou Okonkwo amargamente — é o covarde do Egonwanne. Com a lábia que tem, é capaz de transformar fogo em cinza fria. Quando ele fala, comove nossos homens, que ficam sem força. Se todos, há cinco anos, tivessem ignorado sua sabedoria feminina, não teríamos chegado à situação em que hoje nos encontramos. — Rilhou os dentes. — Amanhã ele vai dizer a todo mundo, com certeza, que nossos pais jamais lutaram numa "guerra culposa". Se lhe derem ouvidos, eu os abandonarei e planejarei minha própria vingança.

Novamente a voz do pregoeiro se tornara fraca, e a distância ia dissolvendo a aspereza metálica do agogô. Okonkwo virava e se revirava na cama, extraindo um certo prazer das dores que sentia.

— Se amanhã Egonwanne falar sobre uma "guerra culposa", eu lhe mostrarei minhas costas e minha cabeça. — E rilhou os dentes mais uma vez.

Ao nascer do sol, a praça do mercado começou a se encher. Obierika já estava à espera, em seu *obi*, quando Okonkwo apareceu para chamá-lo. Pendurou num dos ombros o saco de pele de cabra, no outro o facão embainhado, e saiu para juntar-se ao amigo. A cabana de Obierika ficava perto da estrada e ele via todos os homens que passavam, dirigindo-se à praça do mercado. Cumprimentara muitos dos passantes naquela manhã.

Quando Okonkwo e Obierika chegaram ao local do encontro, já havia tanta gente lá que, se alguém jogasse um grão de areia para cima, o grão não ia encontrar o caminho de volta até o chão. E continuava a chegar cada vez mais gente, vinda de todos os cantos das nove aldeias de Umuófia. Okonkwo sentiu a alma reconfortada diante da força representada por tão grande número de pessoas. Mas ele estava à procura de um homem em especial, o homem cuja língua tanto temia e desprezava.

— Você já conseguiu avistá-lo? — perguntou a Obierika.

— Quem?

— Egonwanne — respondeu Okonkwo, cujo olhar esquadrinhava todos os cantos da imensa praça do mercado. A maior parte dos homens acomodara-se no chão, sobre peles de cabra. Alguns estavam sentados em bancos de madeira, trazidos de casa.

— Não — disse Obierika, lançando um olhar pela multidão. — Ah! Lá está ele, debaixo da paineira. Você tem medo de que ele consiga nos convencer a não lutar?

— Medo? Eu não me importo com o que ele possa dizer ou fazer *a vocês*. Desprezo aquele homem e todos aqueles que lhe dão ouvido. Lutarei sozinho, se assim eu decidir.

Os dois precisavam conversar quase aos gritos, porque todo mundo falava ao mesmo tempo e o barulho era igual ao de um grande mercado.

"Esperarei para ver o que ele vai dizer", pensou Okonkwo. "Depois falarei eu."

— Mas como é que você sabe que Egonwanne vai falar contra a guerra? — indagou Obierika depois de algum tempo.

— Porque sei que ele é um covarde — replicou Okonkwo. Obierika não ouviu direito toda a resposta porque, naquele preciso instante, alguém tocou seu ombro e ele se virou para trocar cumprimentos e apertos de mão com cinco ou seis amigos. Okonkwo não se virou, embora tivesse reconhecido as vozes. Não estava com disposição para cumprimentar ninguém. Mas um dos homens tocou seu ombro e perguntou como ia passando o pessoal do *compound* dele.

— Todos bem — respondeu ele secamente.

O primeiro a falar ao povo de Umuófia naquela manhã seria Okika, um dos seis homens que tinham sido presos. Okika era um grande homem e um bom orador. Mas não possuía o tom de voz tonitroante necessário a todo aquele que fala em primeiro lugar, para impor completo silêncio a uma assembleia do clã. Onyeka, sim, tinha o tom de voz certo, por isso pediram-lhe que dirigisse a saudação de praxe a Umuófia antes que Okika começasse a falar.

— *Umuófia kwenu!* — berrou ele, erguendo o braço esquerdo e empurrando o ar com a mão espalmada.

— *Yaa!* — rugiu o povo de Umuófia.

— *Umuófia kwenu!* — berrou ele novamente, e outra vez e mais outra, voltando o rosto cada uma das vezes para uma direção diferente. E a multidão respondia: — *Yaa!*

Depois, fez-se um silêncio imediato, como se houvessem jogado água fria numa chama crepitante.

Okika pôs-se de pé num salto e também saudou os companheiros do clã quatro vezes. Em seguida, começou a falar:

— Todos vocês sabem por que estamos aqui, quando deveríamos estar construindo nossos celeiros ou consertando nossas cabanas, quando deveríamos estar pondo em ordem os nossos *compounds*. Meu pai costumava me dizer: "Sempre que você vir um sapo saltando em plena luz do dia, é bom saber que algo ameaça a sua vida". No momento em que vi todos vocês, de manhã cedinho, chegando em massa para esta reunião, vindos de todas as zonas em que reside nosso clã, percebi logo que alguma coisa ameaçava a vida de todos nós.

Fez uma pausa por alguns instantes, e recomeçou:

— Todos os nossos deuses estão chorando. Idemili está chorando, Agbala está chorando, e todos os demais. Nossos pais mortos estão chorando por causa do vergonhoso sacrilégio que estão sofrendo e da abominação a que todos assistimos com nossos próprios olhos.

Interrompeu-se de novo, para firmar a voz trêmula.

— Esta é uma grande reunião. Nenhum outro clã pode se gabar de possuir maior número de gente ou maior coragem. Mas estaremos todos presentes aqui? Pergunto a vocês: todos os filhos de Umuófia estão aqui hoje?

Um longo murmúrio percorreu a multidão.

— A resposta é não — continuou Okika. — Nosso clã foi rachado e muitos membros tomaram caminhos diversos. Nós, os que aqui estamos esta manhã, permanecemos fiéis a nossos antepassados, porém alguns de nossos irmãos desertaram, juntando-se a um forasteiro para enodoar a terra de seus pais. Se lutarmos contra o forasteiro, teremos de combater esses nossos irmãos e talvez derramemos o sangue de membros do clã. Devemos, contudo, fazê-lo. Nossos pais jamais imaginaram, nem em sonhos, que algo semelhante pudesse acontecer, pois jamais mataram seus irmãos. Mas nunca houve um homem branco no meio deles. Por isso precisamos fazer o que nossos pais nunca fariam. Perguntaram a Eneke, o pássaro, por que ele estava sempre voando, e Eneke respondeu: "Os homens aprenderam a atirar sem errar o alvo e eu aprendi a voar sem pousar num galho". Precisamos erradicar este mal. E se nossos irmãos ficarem do lado do mal, devemos erradicá-los também. E isso deve ser feito *já*. Precisamos baldear esta água agora, enquanto ela ainda só alcança o nosso tornozelo...

Nesse instante, houve uma súbita agitação na multidão, e todos os olhares se voltaram para o mesmo lado. Havia uma curva muito pronunciada na estrada que ia da praça do mercado ao tribunal do homem branco e, depois, até o córrego. Por isso ninguém percebera a aproximação de cinco guardas até o momento em que contornaram a curva e chegaram ao pé da multidão. Okonkwo estava sentado bem perto deles.

Levantou-se num salto assim que os viu. Enfrentou o chefe dos guardas, trêmulo de ódio, incapaz de pronunciar uma só palavra. O homem era corajoso e não cedeu terreno; ali ficou, firme, com os quatro companheiros atrás dele.

Naquele breve instante, o mundo também pareceu ficar imóvel, à espera. O silêncio era absoluto. Os homens de Umuófia, mudos, confundiam-se com o cenário de gigantescas árvores e trepadeiras, e esperavam.

A magia foi quebrada pelo chefe dos guardas.

— Deixe-me passar — ordenou.

— O que é que você veio fazer aqui?

— O homem branco, cujo poder vocês estão fartos de conhecer, ordenou que esta reunião fosse suspensa.

Imediatamente, Okonkwo desembainhou o facão. O guarda agachou-se para evitar o golpe. Foi inútil. O facão de Okonkwo abateu-se sobre ele duas vezes, e a cabeça do guarda rolou pelo chão ao lado do corpo.

O que antes parecia fazer parte do cenário criou vida, repentina e tumultuosamente. A reunião terminara. Okonkwo continuava parado, de olhos fixos no morto. Teve a certeza de que Umuófia não iria à guerra. Sabia disso porque haviam deixado os outros guardas escapar. O povo se entregara ao tumulto em vez de agir. Distinguiu sinais de medo em meio a toda aquela desordem. Ouviu vozes perguntando:

— Por que será que ele fez isso?

Limpou o facão na areia e foi embora.

25.

Quando o comissário chegou ao *compound* de Okonkwo, à frente de um bando de soldados armados e de guardas do tribunal, encontrou um punhado de homens sentados no *obi* com ar desalentado. Ordenou-lhes que saíssem e eles obedeceram sem um murmúrio sequer.

— Quem de vocês se chama Okonkwo? — perguntou o comissário através do intérprete.

— Ele não está aqui — respondeu Obierika.

— Onde ele está?

— Não está aqui!

O comissário ficou zangado e enrubesceu. Advertiu-os de que, a menos que providenciassem o imediato comparecimento de Okonkwo, seriam todos metidos na cadeia. Os homens sussurraram entre si, e Obierika tornou a falar.

— Podemos levá-lo ao local onde ele se encontra, e talvez seus homens possam nos ajudar.

O comissário não entendeu o que Obierika queria dizer com "talvez seus homens possam nos ajudar". Um dos hábitos mais irritantes daquela gente era o amor pelas palavras supérfluas, pensou.

Obierika, acompanhado por mais cinco ou seis de seus companheiros, foi à frente. O comissário e seus homens seguiram-nos, com as armas engatilhadas. Advertira Obierika de que, se ele ou qualquer de seus acompanhantes tentasse alguma artimanha, seria morto a tiros. E, assim, puseram-se a caminho.

Havia um pequeno matagal atrás do *compound* de Okonkwo. A única abertura para esse matagal, de dentro do *compound*, era um pequeno buraco redondo no muro de barro vermelho, através do qual as galinhas entravam e saíam em sua incessante busca de alimento. O buraco não era suficientemente grande para dar passagem a um homem. Foi na direção desse matagal que Obierika levou o comissário e seus homens. Deram a volta por fora do *compound*, procurando manter-se o mais perto possível do muro. O único ruído que faziam era com os pés, ao pisarem as folhas secas.

E assim chegaram à árvore da qual pendia o corpo de Okonkwo. Ficaram imóveis diante dela.

— Talvez seus homens possam nos ajudar a tirá-lo dali e a enterrá-lo — disse Obierika. — Mandamos chamar gente de outras aldeias, a fim de nos prestarem esse serviço, mas talvez ainda demorem a chegar.

O comissário sofreu uma mudança instantânea. O resoluto administrador que nele havia cedeu lugar ao estudioso dos costumes primitivos.

— Por que vocês mesmos não podem tirá-lo dali? — indagou.

— Porque é contra os nossos costumes — respondeu um dos homens. — Nós consideramos o suicídio de um homem um ato abominável. É uma ofensa contra a terra, e aquele que a cometer não poderá ser enterrado pelos membros de seu clã. O corpo desse homem é maligno, e só forasteiros podem tocá-lo. Por isso pedimos que seus homens nos ajudem a despendurá-lo dali, pois todos vocês são forasteiros.

— Ele será enterrado como qualquer outro homem? — perguntou o comissário.

— Nós não podemos enterrá-lo; só estranhos podem fazê-lo. Estamos dispostos a pagar a seus homens para que façam isso. E então, depois que ele tiver sido enterrado, cumpriremos nosso dever para com o morto. Faremos sacrifícios, a fim de limpar a terra profanada.

Obierika, que estivera a olhar fixamente para o corpo enforcado do amigo, virou-se de repente para o comissário e disse-lhe, com ferocidade na voz:

— Aquele que ali está foi um dos maiores homens de Umuófia. O senhor levou-o a cometer o suicídio, e agora ele será enterrado como um cão...

Não conseguiu dizer mais nada. A voz começou a tremer-lhe, fazendo com que as palavras saíssem sufocadas.

— Cale-se! — gritou um dos guardas, sem necessidade.

— Retirem o corpo dali — ordenou o comissário ao chefe dos guardas — e conduza toda essa gente ao tribunal.

— Sim, patrão — respondeu o guarda, fazendo continência.

O comissário foi embora, levando três ou quatro soldados. Durante os muitos anos em que arduamente vinha lutando para trazer a civilização a diversas regiões da África, tinha aprendido várias coisas. Uma delas era que um comissário distrital jamais deveria presenciar cenas pouco dignas, como, por exemplo, o ato de cortar a corda de um enforcado. Se o fizesse, os nativos teriam uma pobre opinião dele. No livro que planejava escrever, daria ênfase a esse ponto. Enquanto percorria o caminho de volta ao tribunal, ia pensando em seu livro. Cada dia que passava trazia-lhe um novo material. A história desse homem que matara um guarda e depois se enforcara daria um trecho bem interessante. Talvez rendesse até mesmo um capítulo inteiro. Ou, talvez, não um capítulo inteiro, mas, pelo menos, um parágrafo bastante razoável. Havia tantas coisas mais a serem incluídas, que era preciso ter firmeza e eliminar os pormenores.

O comissário, depois de muito pensar, já havia escolhido o título do livro: A *pacificação das tribos primitivas do Baixo Níger.*

Glossário

afo — Um dos quatro dias da semana ou de mercado; os demais são *eke, oye* e *nkwo*.
agadi-nwayi — Mulher velha.
agbala — Mulher; a palavra aplica-se depreciativamente a um homem que não possui um título que o distinga na sociedade.
Agbala — Um dos oráculos divinos dos ibos.
Amadiora — O deus do trovão.
Ani — A deusa da terra.
cauri — (*Cypraea moneta*) Pequenina concha de um louçado branco, lisa e com uma estreita fenda serrada na parte de baixo. Proveniente sobretudo das ilhas Maldivas, servia de moeda na África e também no subcontinente indiano.
chi — O deus de cada pessoa, e que é só dela; mais do que um anjo da guarda.
cola — Noz do fruto da árvore da família das esterculiáceas (das quais a mais comum é a *Cola acumina-*

	ta), muito usada na África Ocidental como estimulante e refrescante. Mascada, seu gosto é de início acre, mas depois deixa na boca uma sensação muito agradável. Geralmente oferecida aos visitantes, é também usada como alimento de ofertório aos deuses e aos ancestrais. Na Bahia é conhecida pelos nomes que toma em iorubano, obi e orobô.
compound	Conjunto de habitações onde mora uma família, geralmente cercado ou murado.
Eeze	Dente.
egwugwu	Mascarado que personifica um dos grandes ancestrais de uma comunidade. Além da máscara, apresentava o corpo inteiramente coberto de ráfia.
eke	Um dos quatro dias da semana ou de mercado; os demais são *oye*, *nkwo* e *afo*.
ekwe	Tambor de madeira cujas batidas imitam as entonações da voz humana.
foo-foo	Pasta de inhame pilado; massa branca, semelhante à pamonha na forma e na consistência e que se mergulha num molho condimentado.
harmatã	Vento seco e frio, carregado de uma areia muito fina, que sopra do deserto do Saara sobre as savanas, os cerrados e as florestas da África Ocidental.
ikenga	Estatueta de madeira, com chifres, que expressa o valor, o esforço e as qualidades especiais de cada indivíduo. É invocada por seu possuidor para lhe trazer êxito.
ilo	Praça que toda aldeia possui e na qual se realizam as assembleias, as festas e as competições desportivas.
inyanga	Exibicionismo.

isa-ifi	Cerimônia que se realiza após uma longa ausência do marido, a fim de assegurar-se de que a esposa não lhe foi infiel durante o período de separação. É também usual antes do casamento.
iyi-uwa	Pedra que vincula um *ogbanje* ao mundo dos espíritos; se achada e desenterrada, cessa o ciclo de nascimentos e mortes do *ogbanje*, e a criança sobrevive.
jigida	Fieira de contas usada na cintura pelas moças solteiras.
kotma	Mensageiro do poder; no contexto do livro, cipaio.
kwenu	Uma saudação. Na frase *Umuófia kwenu*, que, entre os ibos, o mais velho ou o mais importante membro de um grupo deve sempre gritar no início de uma assembleia, significa: "Povo de Umuófia, estamos de acordo?".
nso-ani	Ofensa religiosa grave.
nza	Nome de um passarinho.
obi	A casa do homem num *compound*, distinta da morada de suas esposas.
ogbanje	Criança que, segundo a crença, morre e volta repetidas vezes ao ventre materno para nascer de novo, causando assim um enorme sofrimento à mãe e a toda a família.
oji odu achu-ijiji-o	A vaca, ou aquela que usa o rabo para espantar as moscas.
osu	Pária; dedicado a uma divindade, não podia ter qualquer tipo de relação ou contato com os homens livres; vivia com outros *osus*, separado das demais pessoas.
oye	Um dos quatro dias da semana ou de mercado; os demais são *eke*, *nkwo* e *afo*.

ozo	Um dos mais importantes títulos ibos e o nome da sociedade desses homens eminentes. Para ingressar nela, é preciso efetuar grandes despesas.
tufia	Juramento ou praga.
udu	Instrumento musical; um pote em cuja abertura se bate com um abanador, para produzir um som semelhante ao do contrabaixo.
umuada	Reunião de mulheres da mesma família, quando retornam à aldeia de onde são originárias.
umunna	A família extensa; a ampla parentela.
uri	Cerimônia do noivado, quando o pretendente completa o pagamento do preço da noiva.

1ª EDIÇÃO [2009] 6 reimpressões

ESTA OBRA FOI COMPOSTA PELO GRUPO DE CRIAÇÃO EM ELECTRA E
IMPRESSA PELA GRÁFICA BARTIRA EM OFSETE SOBRE PAPEL PÓLEN
DA SUZANO S.A. PARA A EDITORA SCHWARCZ EM MARÇO DE 2025

A marca FSC® é a garantia de que a madeira utilizada na fabricação do papel deste livro provém de florestas que foram gerenciadas de maneira ambientalmente correta, socialmente justa e economicamente viável, além de outras fontes de origem controlada.